情炎の女　薬子

伊野祥二郎

海鳥社

目次

第一章　黄昏の奈良

第二章　新都京都

主な登場人物

藤原薬子　この物語の主人公。藤原式家種継の長女で、言わずと知れた平安の美熟女。

藤原種継　藤原式家の祖宇合《うまかい》の孫。薬子の父。長岡京の造宮使。

平城天皇　この物語の副主人公。第五十一代天皇。

桓武天皇　第五十代天皇。

藤原仲成　薬子の兄。

嵯峨天皇　第五十二代天皇。

光仁天皇　第四十九代天皇。

藤原葛野麻呂　北家出身の政治家。薬子と懇意の仲。

藤原縄主　薬子の夫。真面目を絵に描いたような政治家。

藤原冬嗣　北家期待の政治家。嵯峨天皇の腹心。

藤原永手　北家の祖房前の次男。

藤原宿奈麻呂　式家の祖宇合の次男。

藤原百川　宇合の八男、宿奈麻呂の弟。

和気清麻呂　奈良時代後期から平安時代初期にかけての政治家。

吉備真備　奈良時代後期の政治家。

坂上田村麻呂　平安時代の武官。蝦夷征伐を敢行した。

橘小瀬　平安京の徴税長。後大宰府の書類整理所長。

第一章

黄昏の奈良

宇佐八幡神宮神託事件

天平神護二年（七六六年）春、あをによし奈良の都の偉いお公家様のお屋敷で、それはそれは可愛いお姫様がお生まれになりました。その偉いお公家様のお名前は、藤原種継《ふじわらのたねつぐ》様と申しまして、御年二十九歳、偉い偉いと言いましても、今はこれから説明いたします御坊様の時代。とても種継様が歴史に名を残すような偉いお方になるなどとは、誰も想像できませんでした。ですから種継様は、ごく普通のお公家様としてこのお姫様をごく普通に育てようと思い、ごく普通に「薬子《くすこ》」と名付けられました。

言い忘れましたが、私は、種継様の牛車《ぎつしゃ》の飾りつけを担当します多紀《たき》と申します。薬子様は幼い頃からそれはそれは美しく愛くるしいお嬢様にお育ちになりました。

そう言えば薬子様がお生まれになって三年ほどたった神護景雲三年（七六九年）の五月、世間では宇佐八幡神宮神託事件という大事件が起こりました。宇佐神宮の神官を兼ねていた大宰府の主神《かんづかさ》が、「道鏡を天皇に就かせれば世の中も泰平になりまする」と、今を時めく称徳天皇に奏上したのです。

当時は称徳天皇と道鏡による政権運営がなされていたことはご承知のはず。道鏡様は既に太政大臣禅師から法皇になられ、その下にたくさんの僧侶の大臣が設置されて、世はまさに道鏡時代（道鏡様とお呼びするのをお許しください。何せ私どものような何の官位もないような者にとっては、宮中におられる皆皆様方はすべてが神様のようなものなのです）。称徳天皇にとっては、もう世の中すべてが道鏡様なのです。

当時は疫病、飢饉や、地震、台風など世の中のありとあらゆる天災地変が毎年のように襲ってきます。おまけに一歩外へ出ると盗賊、泥棒、誘拐、殺人などが世の中を跋扈《ばっこ》しておりました。勿論今のように気象衛星による台風情報や予防接種も特効薬も何もなし。一度流行《はや》れば後はその流行が治まるまで手の打ちようがありませんでした。

こういう状態でしたから、これを聞いた称徳天皇は大喜び。早速、和気清麻呂様を召して、

「宇佐神宮の神託の真偽を確認して、そのすべてを朕《ちん》に報告せよ」

と命令されたのです。

和気清麻呂様は藤原種継様より三歳年上で、種継様と同時に従五位下に昇進したお方、名門貴族ではないのに出世も早く、皆様方の信頼も非常に厚いお方でした。種継様は兄のように慕っておられ、宇佐神宮に旅立つ前、二人きりでお話をされました。それは八月の蒸し暑い夜のことでした。

「清麻呂様、大変なことになりましたね、宇佐神宮の神託などと……」

「ああ、確かに大変じゃ。しかし答えはもう決まっておる、そうじゃろう?」

清麻呂様はググッと酒を飲み干してこう言われました。

「種継、そちは自分の意に反してこんなことが言えるか? 道鏡様こそ天皇にふさわしいお方でございますと、ん?」

「はい、とても言えません」

「じゃろう、だったらそう何も慌てることはない」

「はあ……」

清麻呂様は何という立派な方だろう、と種継様は思われました。

「なんだ種継、すっかり意気消沈して、さあ飲め飲め、今夜はお前が誘ったんじゃろうが、ええ。ハッハッハ」

あまり酒が強くない種継様も、今宵ばかりは飲まないわけにはいきますまい。ググーッと空けられました。

「なあ種継、俺は明日宇佐神宮へ向かう。帰ってくるまで一月くらいかかるやもしれぬ。その間おまえに留守を頼もう。頼んだぞ」

「心得ました」

清麻呂様はフーッと溜息をついて、

「今のこの世の中、どう考えればいいんじゃ？　疫病、飢饉、火事、地震、はたまた盗人、殺人、強姦と、あらゆる悪が蔓延しておる。おまけに御上は病に臥せっておられ、政治は道鏡のやりたい放題。聖武大天皇以来、政権は不安定極まりない。日本はいつ消滅してもおかしゅうない。確かに女帝の身でありながら長く政権におわす御上には気の毒じゃが、このような我が国の存亡の危機に、一介の坊主めに天皇になられてたまるか！」

「清麻呂様、な、何ということを、言葉が過ぎまする」

「かまうもんか、俺はこの仕事に命をかけておる。御上の御前で宇佐神宮神託の虚偽を伝えるまでは絶対に死なん。種継、お前だけに言うが、今回の神託については藤原永手《ながて》様、宿奈麻呂《すくなまろ》様、それに百川《ももかわ》様も虚偽に賛同しておられる。心配するな。安心して待っておれ」

「そうですか、分かりました」

「なあに案ずるな、俺はもうとうの昔に覚悟はできておる。さあ飲め」

「はい、飲んでおります」

種継様もだいぶペースが速くなりました。

「ところで種継、お前の娘の名は何と言うたか、んーと」

「薬子でございますか？」

「おう、そうじゃ、薬子じゃ。聞くところによると大そう可愛らしい娘だそうじゃが、それもまだ三つだとか」

「はい、口だけは大人びてまいりました」

「ハッハッハッ、口だけならよいではないか、今頃から男漁りをしてどうする？」

「そうですな、ハッハッハッ」

お二人の酒盛りは亥の刻まで続きました。そして酒もそろそろなくなりかけた頃、

「清磨麻呂様、道中お気をつけて、なにせ物騒な今日この頃でございます」

「うん、案ずるな。衛士の中から九州出身で腕の立つ輩を十人ばかり連れて行こう。みんな九州へ帰れると言うてたいそう喜んでおる。考えてみれば、こいつらも気の毒な者たちよのう」

「全くです」

「麿は備前国の出身だ。山の民も味方すれば、瀬戸内に出れば海の民も味方する。心配は無用ぞ」

清麻呂様はこう言って種継様と別れたあと、ある所へ寄られました。そこは大和国分尼寺のすぐ隣、私は知っておりました。ここは清麻呂様の愛妾のお住まいでした。ここで少し、いやかなりの時間をお過ごしになり、また内裏へと向かって行かれました。お酒も相当飲まれたの

ですが、お強いんですかね……。

翌日の羊の刻ですから今でいえば午後二時ごろ、清麻呂様は種継様に必ず帰ってくる、と約束をして宇佐神宮へ旅立たれました。文官武官、衛士その他総勢約百名からなる大行列、清麻呂様の牛車の周りを屈強な衛士十人あまりが取り囲んでおりました。行列が羅城門をくぐって平城京の外に出た頃、清麻呂様は、

「はーあっ、眠い！　おい、ものども、麿はしばらく休む。誰も起こすでないぞ」

昨晩は随分と頑張られましたんでしょうね。ゆっくり爆睡してください。


種継様の長女薬子様が美しいとの評判は、それはもう大変なものでした。まだ三つだというのに、その美しさは可愛いと言うより美人と言うほうが相応しいものでした。私はその頃からいつも手毬やおはじきの相手をしておりましたが、お庭の垣根の間から覗き見する公達が毎日絶えませんでした。私は他人事ながら自分が偉くなったような気がして嬉しくてたまりませんでした。そうですね、薬子様は今で言えば、そう、吉永小百合さんみたいな感じだったでしょうね。だってそうでしょう、みなさん、昭和三十二年（一九五七年）から三十三年のテレビ番組「まぼろし探偵」を見てごらんなさい。あれに小学校時代の小百合さんが子役で出ていますけど、今と全く変わらないでしょう。吉永小百合さんって六十年たってもあの頃のままなんで

すよね。ホントに……。

それからちょうど一月後の九月、清麻呂様は大任を胸に帰朝され、そして道鏡様に謁見されました。

「これは清麻呂、長い道のり大儀であった」

「恭悦至極に存じます」

「して、大神の伝えし神託を申されよ」

すると清麻呂様は、こう言われました。

「我が国は国家開闢《かいびやく》以来、君と臣の区別がついております。ですから臣が君となるは未だ例がございませぬ。天皇は必ず皇族から立てよということでございます。皇族以外は排除されなければなりませぬ」

これを訊いて道鏡様は、

「き、清麻呂、そ、そなた何と申す！」

と烈火の如くお怒りになり……。これから先のことはみなさんご承知の通り。清麻呂様は名前を別部穢麻呂《わけべのきたなまろ》と改名されて大隅（鹿児島県）に流罪となりました。

「清麻呂様、なぜあなたが大隅などに……この世は間違うております」

「ハッハッハッ、種継よ、案ずるな。この事件で俺は日本を救うことができた。俺は嬉しいぞ、それに今の俺は清麻呂ではない、穢麻呂だ」

「何をおっしゃいます、いくら病の身とはいえ御上もひどすぎる」

「じゃがな種継、不思議なことにこの左遷、どうもすぐに許されそうな気がするのじゃ」

「その前に私が御上に奏上いたします」

「ばゝ、馬鹿なことをするでない。前回同様、大船に乗ったつもりで待っておれ、俺はすぐに帰ってくる」

こう言って清麻呂様は大隅へと旅立たれました。種継様は涙を流しながら、

「何ということだ、日本は何も変わっておらん」

と一言吐き捨てるように言われました。

酒飲み皇子

神護景雲四年（七七〇年）八月、病気がちであった称徳天皇が崩御されました。五十三歳でした。この天皇は生涯独身を通し、後継者も決めぬままあっけなく逝かれました。これで後ろ楯をなくした道鏡様は下野国に左遷され、僧侶政治は終わりを告げました。しかしこの後、次

の天皇を誰にするかで一悶着があったのです。

左大臣藤原永手様のお屋敷で、

「先般の諸臣会議で右大臣吉備真備殿は従二位の文室浄三《ぶんやのきよみ》殿を推してあるが、あの方は何しろ好き者で困る。もう十人以上子供がおる」

と永手様が言うと、藤原宿奈麻呂様は、

「そうじゃな、また坊主だの女好きだのと言われても困る。じゃが浄三殿はこの件は固辞しておるぞ」

「そうです宿奈麻呂様、それで真備殿はその弟の大市《おおち》様を推挙されましたが、これもまた固辞されております」

と藤原百川様。

「我らとしては、一度皇室を離れたこの二人以外に天武系に適当な人物がいないのであれば、天智系から選ぶしかないであろう」

と永手様が言われると、あとのお二人は口を揃えて、

「ではやはり、あの酒飲み皇子の白壁王！」

酒飲み皇子こと「白壁王」は、天智天皇の第七皇子志貴皇子《しきのみこ》の皇子。幼くして父を亡くされたため出世が遅く、従四位下になられたのは二十九歳と非常に遅かったのです。平城京ではご

存じの如く政争にあけくれ、みんな疲れ果てておりました。白壁王はこの間、既に斎宮を退任していた井上内親王《いのえないしんのう》と結婚しておられましたが、これは政争に巻き込まれることがよほど嫌だったからでしょう。相変わらずのんびりとお酒を飲んで暮らしておられました。その後、藤原仲麻呂の乱の鎮圧で功績をあげ大納言に昇進されましたが、度重なる政争で多くの親王、王が粛清されていく中、毎日酒に溺れ、凡庸、暗愚、無能を装っておられました。

しかし、こうしている間に白壁王とてもう齢《よわい》六十を過ぎられました。

「磨とてこうしてはおられぬ、いつ粛清されてもおかしくない身じゃ。酒を飲んで能なしを装っている間に皇室を離れる手立てをしておくことも必要じゃ」

と二官八省、特に中務省あたりに頻繁に出入りされるようになりました。私こと多紀はビックリしました。大納言の地位にあられます白壁王様が、皇室を離れた時の準備としてリクルート活動をされることが奈良時代にあったなんて、信じられますでしょうか、皆さん？

「んーん、しかしあの酒飲み皇子、いや失礼白壁王を持ってきた場合、真備殿が黙ってはおるまい。何せ二度も遣唐使になった上に唐でも阿倍仲麻呂殿と並んで秀才の誉れ高いあの生粋のガチガチ頭！」

と永手様が言うと、百川様が、

「私に良い案がございます。先帝の遺言を偽作することにしてはどうでしょうか？　称徳天皇は後継を決めずに他界されたことは存じておりますが、実は遺言はあったと。それを皆の前で私が披露いたします」

と言われるや否や、宿奈麻呂様は、

「な、なんと……」

しかし百川様は間髪入れずこう申されました。

「勿論この藤原百川、事の重大さは十分に承知しております。しかし考えてもみてください。あの吉備真備殿のこと、我らがぐずぐずしておる間に必ず天武系の誰かを候補者に連れてまいります。そうなると我らは果たして白壁王以外に適当な候補者を見つけられるかどうか……」

宿奈麻呂様も永手様も腕を組んで下を向いたままです。

「それに妃である井上内親王は、今は伊勢斎王から解放されて自由の身、何者にも毒されておりませぬ。ましてや内親王は聖武大天皇の第一皇女におわします。これだけでも真備殿に十分アピールできまする。兎に角、今一番大事なことは、酒飲み皇子でも女好きの助平野郎でも誰でもいい、要は我々の意のままになる天皇を早く決めることでございます。そうしないと諸外国にも申し訳が立ちませぬ」

慎重派の永手様は、

「確かに百川の言う通りじゃ。この平城京に都を定めて以来何かと事件が多すぎる。もう疲れた。ここらでもういい加減安寧の世を築きたいものよ」

「御意」

と宿奈麻呂様。そして、

「白壁王には確か山部王とか申す皇子がおる。中務省でも評判の切れ者らしい。後継者をこいつにすれば後は安泰じゃ。勿論酒飲みではないぞ」

「では宿奈麻呂様、永手様、次期天皇は酒飲み、ああいやいや白壁王でまいります。遺言書は私が作ります」

「ん、百川、その件はそちに一任する。頼むぞ。それとじゃ、間違うても酒飲み皇子などと読むでないぞ」

「はっ、心得ました」

この後、百川様はお屋敷に帰られ早速準備に着手されました。永手様は、

「百川殿は今年でいくつになられる?」

「三十九歳でございます。すっかり一人前になりおって、ハッハッハ」

「良いことよ、宿奈麻呂殿、考えてみれば我らが子供の頃から、長屋親王の変、藤原広嗣殿の乱、橘奈良麻呂殿、そして今度の事件と、心の休まる暇もない」

「御意」

「しかしのう、麿はあの時ほど驚いたことはなかったぞ」

「あの時と申しますと?」

「そうじゃ、今から三十三年前の……」

「ああ、あの疫病で我らの親父たちがバタバタと死んで行った時。そうですな、あの時は麿も今の酒飲み皇子のように中務省に出入りでも始めなければと本気でそう思いました」

「その通りじゃ、それと長屋親王の事件の時も大変じゃった。あの時のことは麿は未だに何も聞いておらんのじゃ。麿が知っていることと言えば、親父たち四人が毎晩屋敷に集まって良からぬことを話し合っておったことくらい。時には喧嘩もしておったぞ。あれから四十年以上たったが、すべては闇の中、考えてみれば長屋親王には気の毒なことをしてしまったやもしれん。


俺は一度親父を問い詰めたことがあった。『私ももう大人でございまする。毎晩いい年こいた大人が四人も集まって一体何をしておられるのですか! 少しはお教えくだされ、親父殿!』とな。そしたら、『な、なにを、猪口才な! 生意気なことを申すでない!』と烈火の如く怒り、鞭で何十発も叩かれた。母上が間に入って事なきを得たが、俺はその時思った。俺は絶対に親父みたいな政治家にはなるまいと。体中から血が流れ落ちるのも構わずに俺は親父殿を睨みつけてやったが、親父は目にいっぱい涙をためておった。翌朝俺は昨日のことを謝ろうと親父の屋敷に行ったが、部屋には入れなかった。泣いていたのよ、あの親父殿が」

「えっ、あの沈着冷静で有名な房前《ふささき》様が、信じられぬ」

宿奈麻呂様はまさに茫然自失。

「そうよ、あの藤原不比等の二男・藤原房前が人目も憚らず声をあげて泣いていた」

「そうでござるか、麿は初めて聞きました。そういうことがあったんですな」

「麿は十六であった。確かに生意気なことを言うた。それから一年間くらい親父と口も利かなかった。して親父が疫病で死ぬ間際、『永手よ、政治家というものは自分の意にそぐわぬことをせねばならぬ時が数多ある。心しておけ』と言うて旅立っていった。麿は必至で涙をこらえていたことだけは覚えておる」

「私も父が死んだ時は明日からどうしたらよいものかと、幼いながらも思いました」

「んん、親父は何も言わずに死んでいったが、考えてみれば今が、のう、今が意にそぐわぬ時かもしれん。しかしこれはやり遂げねばならぬ、もうこれ以上この奈良の都を男狂いだの、坊主だのと言うて汚すわけにはいかんのだ」

「御意」

永手様は少し涙ぐみながら、

「わしは長屋親王様が大好きじゃった。嘘は言わず、一本気で頭も素晴らしくよかった。今の真備殿もあの方には敵うまい。さすがに高市皇子《たけちのみこ》様のご長男じゃ、おまけに男前ときておる。そりゃあもう、立派なお方じゃった。親王様のお屋敷にはたくさんの姫がおられた。その中の一人と麿は将来の契りを結んだ。この姫と一緒になって親王様のような立派な政治家を目指すぞ、百万町歩開墾計画の手伝いをするぞ、とな」

宿奈麻呂様の目にも涙が……。

「ところがじゃ、それから一月もたたぬうちにあの事件じゃ。親王様と吉備内親王様はその日のうちに自害、俺は泣いた。三日三晩泣き続けた。契りを結んだ姫も同時に平城京から追い出された。どこへ行ってしもうたのか……俺は親父を憎んだ。親父と刺し違えるつもりで外へ出ようとしたら母が泣いて止めた。

『永手！　どうしても行くと言うのならこの母を、この母を切ってから行くがよい』

その時俺は、あの時の親父の涙を思い出して刀を捨てた」

「そうでござったか、何も知らずに今日まで生きてきた自分が恥ずかしゅうございます」

「あーいやいや、昔のつまらん話をして申し訳ない」

「何を申される、つまらんなどと。ところで永手殿」

「ん？」

「例の百万町歩開墾計画、あれはその後どうなったのでござる？」

「ああ、あの計画は実現不可能という理由で没になることはあたりまえじゃったが、のう宿奈麻呂殿。話は変わるが、そちはあの巨大な大仏を見てなんとも思わぬか?」

「農民にとっては大変な労苦でございました」

「その通りじゃ。あの怪仏を作るために一体どれほどの農民が駆り出された? どれほどの金が費やされた? どれほどの農民が犠牲になった?」

「御意」

宿奈麻呂様は全く口をはさむ余地がありません。

「あれは親王様のお屋敷に遊びに行った時のことじゃった。俺は開墾計画の完成図を見せてもろうたことがあったが、それは何と五万町歩分しかできていなかった。俺はビックリして、『親王様、百万町歩ではなかったのですか?』と聞いたら、親王様はカラカラと笑いながら、『永手よ、今この日本に米や麦を作る田畑は如何ほどあると思うか?』と逆に質問された。俺は知る由もない。恥ずかしかった」

「申し訳ない、実は麿も詳しくは……」

と宿奈麻呂様。すると永手様は、

「これ、酒を持ってまいれ」

お二人はゆっくりと酒を酌み交わしながら、

「それから親王様は急に鋭い目つきになられて、こう言われた。『永手よ、今日本全国で米や麦作りが可能な田畑は多く見積もっても八十万町歩くらいしかない。麿も馬鹿ではない。百万町歩など夢のまた夢の話よ。この計画は兎に角まず五万町歩でよい、五万町歩でよいから東北でやってみるんじゃ。そしてこの試みが可能であるということを皆に知らしめるのよ。五万町歩できたではないかと。そのためには多少のおいしいことも言わねばならぬ。労苦をいとわず働かねばならぬ。問題はそれからよ。のう、百万町歩が実現するのは百年、二百年後の話よ。分かったか』とな」

この話を聞いて宿奈麻呂様は、永手様のお顔を見つめたままガクガクと震えておられました。

「あの怪仏を作り始めてからどうなったと思う。農民の逃亡、浮浪、餓死はなはだしく、水銀や銅を扱う者たちは原因不明でバタバタと死んでいった。相変わらず天災地変は続き、都の内外問わず飢饉、疫病、殺人と悪いことは何でも起きておる。これはもう大仏どころの話ではない、宗教でもない、人を苦しめる怪仏じゃ。怪仏の開眼供養の日、麿はずっと目を閉じて下を向いておった、あの日以来、麿は東大寺には一度も出向いておらん」

「そうでありましたか……」

「宿奈麻呂殿、麿は思うのじゃが、もし、もしもじゃ、長屋親王様が生きておられて、阿倍仲麻呂殿や吉備真備殿があの当時遣唐使にならずにずっと日本におられたなら、あの大仏はできてはいなかったと思うのじゃ」

「御意」

「そう考えたら天皇なんてものは天智系でも天武系でもどっちでもよいわ、要は農民のことをよう考える人になって欲しい、そう思わぬか？」

「……」

「それともう一つ、これはそちだけにしか言えぬことじゃが、あの時我らの親父たちが寄ってたかって長屋親王様に向かっていったが、結局敵わなんだ。それで最後には殺人という方法であの方を亡き者にして自分たちの立場を守り通した」

「……」

「長屋親王様というお方は、親父たちにとってはそれほどまでに邪魔な存在じゃったのかのう……」

「……」

「怪仏建立に使われた費用と労力を、親王様の最初の五万町歩開墾に費やしたほうがよほど現実的ではなかったか？　あれから四十年以上経過した今頃は、もしかしたら、もう十万町歩めにかかっていたやもしれぬ、これほどまでに素晴らしいお方が何で、何で左道を学びて国家を傾けんと欲するのじゃ、麿はもうこの国が情けのうて……」

「な、永手殿」

お二人のお話は酉の刻まで続きました。

「おっとこれはいかん、すっかり遅くなってしもうた。宿奈麻呂殿、今夜は我が屋敷ですごしなされ。湿っぽい話はこれまでにして、あとは面白おかしゅういきましょうぞ。これ、飯にするぞ、すぐ持ってまいれ」

光仁天皇

藤原氏三人（百川、永手、宿奈麻呂）による偽造の遺宣（遺言）を宣命使に読ませて立太子が行われ、宝亀元年（七七〇年）十月一日、六十二歳の白壁王は光仁天皇として即位されました。と同時に左遷されていた和気清麻呂様は流刑地から都へと帰還が許されました。ちょうど一年間の左遷でしたが、清麻呂様の予感は見事に的中しました。

「種継、言うた通り俺は帰って来たぞ。どうだ、ハッハッハ」

「清麻呂様、麿は嬉しゅうございます」

「ん、麿の姉の広虫《ひろむし》も備後から帰朝した。今日はこれから吉備真備殿を交えて酒盛りじゃ、お前も来るがよい」

「いえ、今日は同郷の者同士で心ゆくまでお飲みくだされ。私はまた後日。体調をしっかり整えてまいります」

「そうか、分かった」

吉備真備様のお屋敷で久しぶりに三人で酒盛りをされた後、和気広虫様は戌の刻にはご自宅へお帰りになりました。

「清麻呂よ、大尼は幾つになった?」

「姉は四十でございます」

「そうか、四十か。昨年は病気がちであったが、すっかり元気になりおった。よいことじゃ。お前も体を大事にせいよ」

「はあ!」

「ところで清麻呂、麿はこれで引退するぞ」

「はあ?」

清麻呂様はポカンと口を開けたままです。

「麿ももう七十六ぞ、少しばかり年を取りすぎた。もうよかろう」

「な、何を言われます、まだまだお元気ではありませぬか。真備様の長年にわたる経験、経歴、知識、そして何にも勝るその存在感、どれを取ってもこれからの奈良には必要なものばかりでございます。引退などと何を言われます、何卒、何卒ご一考を！」

「ハッハハッ、そう無理せんでもよい」

「無理ではございませぬ！」

清麻呂様は今にも摑みかからんばかりでございます。

「清麻呂よ、よう聞け。麿は今回の次期天皇については二人の候補者を推挙したが、二人とも敗れた。この時、麿は思うた。これまで百年近く天武系で支えたきた天皇の座が天智系に代わる時が来たと。時代が変わったのじゃ、それに気付かなかった麿は生き恥をさらしてしまうた。もう麿の出る幕はない」

「な、何と！」

「麿は聖武大天皇から前の称徳天皇まで三十五年間、のべ四人の天皇に仕えた。その間良いことは何一つなかった。あったことと言えば度重なる政争と打ち続く天災地変のみ。後にはあの巨大な大仏が相変わらず農民を苦しめておる」

「しかしあの大仏は橘諸兄《たちばなのもろえ》様の時代に建ったもの、真備様の責任ではございませぬ」

真備様は含み笑いをしながら、

「そうじゃ、その諸兄に大仏建立を思い止まらせなんだがために、聖武大天皇に大仏建立の詔を出させてしもうた。あんな物をおっ建てても何の役にも立たんことは皆知っておる。役に立たんどころかますます農民を苦しめるだけじゃ」

清麻呂様は黙って下を向いておられました。

「麿は明日、光仁新天皇に暇乞いをして参る。清麻呂、これからはそなたたちの時代よ、新天皇を補佐してこの奈良の都を甦らせるのじゃ、頼むぞ」

和気清麻呂様の目に大粒の涙が光っておりました。

真備様は一年後にすべての職を辞し、宝亀二年、静かに平城京を去って行かれました。

ここで第四十九代光仁天皇の登場ですが、この天皇が皇子の時代から就活に精を出しておられたことは前にお話ししました。そんなうだつの上がらない酒飲み皇子にふってわいたような天皇即位の話、まさに驚天動地。時は宝亀元年、天皇は六十二歳、実在が確実とされる天皇以降では最高齢でございます（今上天皇の五十五歳を含む）。

そして当然、井上内親王が皇后に、その子他戸《おさべ》親王も皇太子になりました。井上皇后は五歳の時に伊勢神宮の斎王に卜定《ぼくじょう》（選定）され、神亀四年から十八年間その座にあられ、天平十六年（七四四年）やっと斎王の座を解かれて退下されました。その間の斎王としての穢れなき聖処女としての生活はどんなものだったんでしょうか？　私には全く想像もできません。

皇后は、

「今は光明子も異母妹の称徳天皇も自分を疎んじた者は誰もおらぬ、これからは我天下ぞ。他戸親王も皇太子になった。さあこれから我が世の春を楽しもうぞ」

斎王の座を解かれて二十五年、その間三十七歳という高齢で酒人《さかひと》内親王を、四十五歳で他戸親王の二人を授かりました。権力の座からは程遠い存在だった白壁王が夫である以上、出世は望むべくもありませんでした。ところが今やその白壁王は光仁天皇に、そして他戸親王も皇太子となられたのです。「これ女よ、水を」「これ女よ、着替えじゃ」「これ、足を洗え」といった感じです。

ある日、天皇と皇后が博打《ばくち》（多分双六《すごろく》では）に興じていた時でした。

「この勝負、朕が勝ったらとび切りの美女を朕に、もしそなたが勝ったら壮年の男性をやろう」

「分かりました。その言葉お忘れなきよう」

ところがこの勝負皇后様の勝利となり、

「御上、壮年の男性でございますぞ、お忘れなく」

「よし、分かった分かった」

と言ってその場を立ち去られました。

それから皇后様は事あるごとに、

「壮年の男性はいつ？」

「御上、お忘れではないでしょうね？」

と口うるさく請求されますこと然り。一方の御上は全くの冗談だったのにと困り果て、今は帝の腹心にまで出世された藤原百川様に相談したところ、

「全く何という馬鹿なことを、フウー……」

「百川そう言うな、何とかならんか？」

すると百川様は、

「それならば山部親王様を皇后様に差し上げては？」

山部親王とは光仁天皇の第一皇子で、御年三十六歳のまさに壮年の好男子。当然本人は嫌ですよね。そこで天皇は、

「孝とは父に従うこと、麿はもう若くはない、ここは早く父の言うことを聞いて皇后の所へ行け」

と無理やり押し付けました。何という父親でしょうか。

山部親王はいやいやながら皇后の所へ行ったのですが、皇后は大喜び、この壮年の山部親王を溺愛し、片時も離さないようになったのです。義理とはいえ何という母親でしょうか。

いずれにしてもこの夫婦にはちょっと理解し難いようなふかーい溝があったんでしょうね。

しかしこのやりたい放題の皇后の生活もある日、一変します。

宝亀三年三月、皇后は「巫蠱《ふこ》」の罪で突然皇后の地位を追われます。皇后が永年にわたって天皇を呪詛したというのですが、私たちには全く理解できませんでした。井上皇后が一体何をしたというのでしょうか？　同年の五月には他戸親王も皇太子を廃されました。

翌年早々、山部親王が立太子されました。藤原氏としては待ちに待った天智系の皇太子です。宿奈麻呂様や百川様は早速未来の天皇と姻戚関係を結ぶため、ぞくぞくとお姫様を妃として入《じゅ》内《だい》させました。

この時、我が主人薬子様はまだ八歳、入内するにはいささか早すぎます。しかしそのお姿は、もうお美しいの一言、それはまるで名匠の手になるお人形そのものです。

この時代にして父親の種継様はもう手放しの可愛がりよう。毎日ご自宅へ着く前に必ず薬子様のお顔を見にお屋敷に寄られました。

「父上様、おはじきをしましょう」

「ん、よしよし薬子よ、はじきか」

「双六しましょう、父上」

「ん、分かった分かった」

「お習字をします、父上」

「おう、なかなかの腕前じゃ」

まだ八つなのに勝負事はほぼ薬子様の勝ち、お習字は大人顔負けの腕前です。

「薬子は美しい上に大そう賢い子じゃ。もう少し早く生まれておればのう」

と残念がること頻《しき》り。そう言えば薬子様には二つ年上のお兄様がおられました。お名前を仲《なか》成《なり》様と申しますが、こちらの方は人柄も性格も「？」のつく兄君で、何と申しましょうか、こう、薬子様と比べて蹴鞠《けまり》も双六もお習字も、その他すべての習い事が年長なのに劣るという、そういうお兄様でした。ですから自然と性格も怒りっぽく、欲深で自己中心的になっていきました。種継様も、「仲成にも困ったものじゃ。薬子が完璧すぎるのも問題じゃが、まだまだ幼い子供、もう二、三年経てば仲成も立派になると思うんじゃが……」と頭を抱えておられます。

あっ、ほらほらまた聞こえてきました。お二人が石蹴りをしていますよ。

「あっ、兄上、また蹴り直し？　もうダメですよ」

「すまん薬子、もう一度蹴らしてくれ！　よいではないか」

「もうダメ！」

「なんじゃ、フン、面白うない」

と言って逃げ出してしまいました。できの良すぎる妹を持つと、兄は世の中が面白くないものなのですね、ほんとに……。あっ、今度はあっちの方で男の子たちとチャンバラを始めたようです。仲成様は相変わらず本気で刀を振り回すので他の子供たちは皆逃げ出してしまいました。そりゃそうでしょう、何せ藤原種継様のご長男ですから、チャンバラくらいは一番にさせてあげないと。

「どうだ参ったか、やっぱり俺は高市の御大将じゃ、ハッハッハ」

高市の御大将とは壬申の乱の英雄、高市皇子様のことでございます。そう、あの長屋親王様のお父様。あの方のように立派な戦士になれるでしょうか？

怨 霊

宝亀三年（七七二年）三月、井上皇后が「巫蠱《ふこ》」の罪で突然皇后の位を廃されましたが、実はこの事件が起きる一年ほど前、例の三人が集まってあることを話し合っておられました。例の三人とは藤原永手様、藤原宿奈麻呂様、藤原百川様でございます。

「近頃の皇后は行動なり、お言葉なり、ちと度が過ぎるとは思わんか？ のう」

と永手様。

「全くです。先日の曲水の宴の時も我が歌はほったらかしてすごすご帰られた。あれでは御上も立つ瀬がなかろう」

と百川様。

「皇后もそうじゃが、他戸皇太子も若いくせに態度が大きい。一体誰のおかげで立太子できたのか……」

と宿奈麻呂様も。

「このままじゃと皇后の思いのままになって他戸皇太子が天皇になってしまう。そうなると我らが最も恐れておる天武系の復活じゃ。これだけは何としても避けねばならん」

すると百川様が、

「私にいい案がございまする。どうでしょう、皇后様に『巫蠱』の罪を被せては？」

と言われると、お二人ともビックリ仰天。

「な、なに、巫蠱じゃと！」

ここで百川様はいつも通り落ち着いて、

「そうでございます、巫蠱でございます。ご承知の通り皇后様は昔、伊勢斎王であられました。ですから神がかり的な祈禱、霊術には長けておられます。そこで皇后様はずっと以前から永年にわたって御上を呪詛していたと側近に言わせるのです。何せもと斎王ですからこのような嫌疑はかけやすい。どうでしょう?」

永手様と宿奈麻呂様は目を合わせて、

「んーん、呪詛か……」

「はい、ここで皇后様によからぬ噂をたてて廃后にし、そのあとしばらくして他戸皇太子も……」


この頃、山部親王の官位は正四位上、中務省の長官でその英明さは中務省の中でも有名になっておりましたが、立太子するまでは単なる朝廷の一官僚にすぎませんでした。何せ父親があの「酒飲み皇子」、いくら息子が成績優秀でも出世など望むべくもありませんでした。

ところが父親に突然降ってわいたような即位の話。当然これは息子にも降ってわいたような話でした。官位はどんどん上がり、今の職務は天皇の秘書官庁のような多様なもので非常に難しいものでした。しかしその判断力の鋭さと行動力、そして一方では狩りが得意という所謂文武両道に秀でた壮年の親王様、さぞかし女性にはモテたでしょうね。とはいうものの、時代は奈良時代の後期、当然のように身分制度という厳然たる縛りがありました。私たちのような庶民には所詮高嶺の花。どんなに努力しても……。ましてやあの井上皇后が溺愛するお方、一日たりとも離すもんですか。毎日仕事が終わる時間には中務省の門のそばまで親王をお迎えにいらっしゃっていました。後は二人で同じ牛車に乗ってどこに行ってどうされるのやら……。しかし井上皇后の好き勝手やりたい放題の時代も、例の藤原氏三人の手にかかれば長く続くはずはありませんでした。

奈良の都に井上皇后呪詛の噂が吹き荒れる宝亀四年正月二日、山部親王が他戸親王に代わって皇太子になられました。そして井上内親王と他戸皇太子は奈良のある没官邸に移され、ここに幽閉されることになったのです。

「おのれ、あの老いぼれめが、我ら親子の恨み、これから何代にもわたって祟ってくれようぞ」

本当に恐ろしいものでございます。天皇と井上内親王の間にはよほど理解できない深い溝があったのでしょう。

宝亀六年、この親子は奈良の没官邸にて同じ日に亡くなります。何も語ることなく……。井上内親王五十九歳、他戸皇太子十五歳、同じ場所でしかも同じ日に亡くなるなんて、とても尋常とは思えません。自殺なら納得できますが……。

この日からどういうわけか地震、火事、飢饉などがまた頻発してきました。都では盗人、殺人、泥棒などが前にも増して幅を利かせ、こちらの方もしたい放題のやりたい放題。平城京を守る武官（衛士）もこの頃はすっかり形骸化し、都の治安は悪くなる一方でした。私たちのような一般庶民は、日が暮れるととても外へなんか出られません。特に下級官吏の娘などは、平城京を離れると、昼間でも一人歩きはできません。そんなことをしようものなら自分を誘拐して好きなようにしてくれ、とでも言っているようなものでした。

宝亀八年九月、これまで権力を一手に掌握し思いのままに政治を動かしてきた藤原式家の総帥宿奈麻呂様が、今まさに旅立たれようとしておられました。

「百川よ、そちは幾つになった？」

「はっ。四十六でございます、兄上」

「そうか、四十六か。そちは幼少の頃から実に優秀であった。今思えば永手殿とそちと三人で様々な難題を乗り越えてきた。百川よ、礼を言うぞ」

「なっ、何を言われます兄上。まだまだ教えていただきたいことがたくさんございます。早うございます」

宿奈麻呂様は僅かな笑顔をつくって、

「向こうで永手殿が待っておる。後は百川に任せて早う来なされとな」

「あっ、兄上……」

「山部親王を頼むぞ。次は天皇じゃ」

これが宿奈麻呂様の最後の言葉でした。御年六十二歳、権謀術数が代名詞の藤原氏の中ではかなり真面目な政治家でした。

このようにまじめなお公家様の死と自然界での異常気象を、都の人たちはやはり井上内親王の怨霊のなせる業と噂し合いました。

そしてもう一つ、私どもが最も驚いて声も出ないことが起きたのです。あの英明な頭脳の持ち主でかつ運動神経抜群の山部親王が病気になってしまったのです。

藤原百川様のお屋敷で、今度のメンバーは、藤原種継様、和気清麻呂様の三人が真剣に話し合っておられます。

百川様が、

「本当に困ったことじゃ。あの質実剛健な親王様が、不予（病気）とは」

「親王様には弟君（早良親王）がおられるが、如何せん、まだ若い。かといって天武系の皇子は皆粛清されてしもうた。天智系にもほかに候補者はおりませぬ」

と種継様が言うと、清麻呂様が、

「井上内親王の怨霊は実に恐ろしいものよ、都の者どもは皆言うておる。百川様、こうなったら内親王の墓を改葬して『御墓』と称するようにしましょうぞ」

「ん、名案じゃ。して山部親王の病気平癒のためならばどんなことでも構わん、兎に角、試みるのじゃ。山部親王には絶対に元気になってもらわねばならぬ」

過去を振り返ってみますと、井上内親王に巫蠱の罪を被せて皇后の地位を廃させたのも、他戸皇太子を廃太子にもって行ったのも、何を隠そう百川様なのです。永手様も宿奈麻呂様も既に亡くなられました今、この事実を知っているのは百川様だけなのです。

(井上内親王の怨霊が今度は麿の所に降りてくるやもしれぬ、麿にできることなら何でもしてやろうぞ)

頭脳明晰で権謀術数に長けた政治家の百川様も人間です。やはり少し恐ろしくなったのでしょう、これからの行動や言葉遣いにもそれが見て取れました。

宝亀九年春になっても山部親王の病状は一向に回復しませんでした。その間ありとあらゆる加持祈禱、病気治療、怨霊封じの努力がなされましたが、全く効果はありません。

その年の十月、長期にわたって寝込んでいる親王様は藤原百川様を呼んで、

「百川よ、麿はこの一年間病気平癒を願っていろいろ努力をしてみたが、その効果は残念ながら見られぬ」

「なっ、何を言われます親王様!」

百川様は親王様が急に弱気に出られたのでビックリ仰天。

「いやいや案ずるな、そうではない。麿は最後の試みをしてみようと思うておるのじゃ」

「最後の試み？」

「ん、麿は伊勢神宮に参拝をしてみようと思うておる」

「伊勢神宮へ」

「そうじゃ、麿はこれまで伊勢神宮へは一度も行ったことがない。これまでのあらゆる試みは効果がなかった。しかし考えてもみよ、今もし麿に取りついておる怨霊が伊勢斎宮を務めた井上内親王の怨霊なら、それならむしろこちらから伊勢神宮に出向いて素直に参拝すべきではないかと思うのじゃ」

「んーん、確かに親王様のお考えも一理ございますが……」

こうして山部皇太子の伊勢神宮への参拝が初めて実現しました。

この時の伊勢斎王は井上皇后の娘、酒人内親王が勤めておりました。そうです、親子二代での伊勢斎王は非常に珍しいことでした。当時酒人内親王は二十五歳の艶麗な女性、もしこの二人が対面したらどうなったでしょう？　山部親王は病気療養中とはいえ四十一歳の男盛り。そうです、日本の天皇がわざわざお出でになったのです。穢れのない聖処女の伊勢斎王とはいえ面会しないわけにはいかないでしょう。

お二人のご対面は一日くらいかかったのではないでしょうか？　私は一介の庶民ですからこの時何があったのかは全く知りません。何しろ山部親王の最後の試みですから……。

しかし、それまで一年近く病魔に臥せっておられた山部親王がこの日を境にすっかり元気になられたのです。ビックリしました。その証拠に他のどんな資料にも親王の病気のことはこれ以後は出てきません。どんなに探しても見当たらないのです。不思議です、本当に何があったのでしょう？

そして更に驚いたことに、酒人内親王は退下後、山部親王の妃となり一年後には朝原内親王が生まれているのです。驚きついでにもう一つ、その朝原内親王もまた伊勢斎王に卜定され、祖母、母、娘と三代にわたって伊勢斎王を務めたことになるのです。私たちには夢想だにできません。

酒人内親王は、艶麗なる美女、淫行、色欲、多情、浪費家、奢侈など、いろんな呼び名があり、これから登場する我が主人薬子様を彷彿とさせるような女性でした。七十六歳という長寿を全うされましたが、その生涯は政争に翻弄されたようなものでした。

あっ、でもよかったですね、何はともあれ山部親王の病気は治ったのですから、本当に。私は何があったかは知りませんけど……。

桓武天皇

それから一年後、今度は百川様が今、旅立たれようとしていました。

「清麻呂、種継、残念じゃが麿にも迎えが来たようじゃ」

「何を言われます百川様、我らはまだまだ若うございます。早う元気になられて大極殿で……」

と種継様が言われた時、

「種継よ、もうよい。そちは本当に建物を建てるのに長けておった。種継よ、よう聞け。親王が即位されたら、もしかしたら遷都されるやもしれん。奈良はもう古い、いろんなしがらみが多すぎる。その時は頼んだぞ」

「はっ！」

「清麻呂」

「はっ！」

「この一年間、麿の代わりによう動いてくれた、礼を言うぞ」

「なっ、何を言われます！」

「今この平城京でそちに勝る頭脳を持った者はおらぬ。新王を宜しく頼むぞ」

「はい……」

清麻呂様の目に大粒の涙が光っておりました。

「二人ともよう聞け、今から五十年ほど前の爺様の時代じゃ、藤原房前様が死ぬ間際に藤原永手様にこう言われたそうな、『永手よ、政治家というものは自分の意にそぐわぬことをせねばならぬ時が数多ある。心しておけ』とな、心しておけよ」

「ははっ……」

「そちたち二人がおれば心配はいらぬ、よいか！　今度は天皇ぞ、分かったな」

「ははっ……」

こうして藤原百川様は山部親王の即位を見ることなく静かに旅立って行かれました。御年四十八歳、井上内親王の怨霊のせいでしょうか、あまりにも早すぎる旅立ちでした。

幼少の頃からあまたの才能にあふれ度量もありました。権謀術数に長けながらも要職を歴任し、各官職を勤勉、実直に勤め上げられました。

山部親王の信頼もすこぶる厚く、百川様に相談しないことはまずないと言っても過言ではなかったと思います。本当に素晴らしい政治家でした。

天応元年（七八一年）四月、父光仁天皇の攘夷を受けて、第五十代桓武天皇が即位されました。と同時に天皇の弟早良親王が立太子しました。これは、それまで東大寺にいて仏の道を歩んでいた早良親王を、父光仁帝の勧めにより還俗させたのです。しかし光仁帝はこの年の十二月、七十三歳という高齢で崩御されました。七十三歳と言えば、この時代は老衰と見るのが普通ですが、世の人々は皆井上内親王の祟りと見ていました。

井上内親王の怨霊はまだまだ続いていくのです。

ここでちょっと一服して、読者の皆様に平城の三姉妹について説明しておきましょう。

平城の三姉妹とは聖武大天皇の娘、井上内親王、阿倍内親王、不破内親王の三人のことです。阿倍内親王は称徳天皇のことで、井上内親王は今怨霊となって祟りまくっている彼女のことですからお分かりでしょう。不破内親王はこれまで何度か政変に巻き込まれていますが、詳しいことは分かっていません。しかし神護景雲三年（七六九年）、称徳天皇を呪詛した罪で内親王の地位を廃され、平城京内に居住することを禁じられました。ところが宝亀三年（七七二年）、呪詛事件は誣告《ぶこく》による冤罪ということで再び内親王に復帰されました。

光仁帝崩御の翌年の天応二年正月、平城京の内裏（天皇のお住まい）では、桓武天皇を上座に、和気清麻呂様、藤原種継様の三人が御前会議の最中でございました。

「百川が逝ってもう一年になる、早いものじゃ」

「御意」

「しかし朕はこうしてこの座についておる、二人とも礼を言うぞ」

「な、何を言われます、滅相もございませぬ」

と清麻呂様は下を向いたまま、勿論種継様も。

「ん、二人とも頭をあげい」

「ははーっ」

天皇は簾をお上げになって、

「今日改元していよいよ朕の治世となるが、考えてみれば平城京に遷都して以来七十余年、今日まで心の休まる暇はない。そうであろう?」

「御意」

「朕の即位を快く思わん者はまだまだあまたおると思う」

「……」

「この奈良を良くするのは大変な仕事ぞ、二人ともよろしく頼むぞ」

「ははーっ」

しかし天皇の心配通り奈良の政争はまだ終わってはいませんでした。

天応二年一月十六日、氷上川継《ひがみのかわつぐ》というお方が印旛守に左遷されました。この方の母は先ほど説明した不破内親王、父は塩焼王といって天武天皇の玄孫にあたる方でした。つまり分かりやすく言うと、発足したばかりの桓武政権を倒して川継様を天皇に担ぎ上げ、天武系天皇の復活を目論むクーデターだったのです。

この政変が桓武天皇に与えたショックは相当に大きなものでした。なぜなら、天武系から天智系に天皇がチェンジしてもう十年以上、まだまだ旧体制を熱望する輩はたくさんいたのです。

この政変で処分された中に大伴家持様がおられました。そうあの『万葉集』でおなじみの万葉歌人です。この時から千二百年を時を経た皆様方には所謂歌人としてよく知られていますが、それはあくまで家持様の側面であって、この方は大和時代に軍事を司った大伴氏を先祖とする歴とした政治家なのです。

しかしこの家持様も延暦四年（七八五年）、陸奥の国で没されたということです。

延暦三年の初めの御前会議のことです。

「皆の者、よう聞け。朕が玉座に座ってまだ二年にならぬが、その間の氷上川継の変を始めとする度重なる政変と言い、打ち続く天災地変といい、この奈良の都は全く落ち着くことがない。また東大寺を始めとする古からの各寺のしがらみがあまりにも多すぎる」
皆御上の言葉に頷いておられます。
「また大寺院に田畑を寄進する者どもが多すぎる、目に余る。それで朕は新しい政治環境を整えるためには、この寺院勢力との決別を図ることが必要と考える。それで今日朕は長岡村に遷都を宣言する」
これを聞いて皆様ビックリなさったかと思いましたが、私たちは大体想像がついておりました。
そうですね、考えてみれば、
一つ、奈良に移って七十余年、絶え間ない政争
一つ、天武系から天智系への天皇の交代
一つ、旧仏教勢力からの離脱
一つ、反桓武勢力への衝撃
一つ、打ち続く天災地変
その他治水の便、陰陽道などと、まあこういったことが遷都の大きな理由になるでしょうか。
それと、この長岡村は桓武天皇が幼少期を過ごした故郷であったことも理由の一つに数えてよ

いと思います。

しかし中には、「この奈良という立派な都がございます。これまで農民を十分に苦しめたあの大仏の他にまた遷都となると、もう日本は立ちゆかなくなりまする」というもっともすぎる意見もあまたありましたが、御上の決心は揺るぎませんでした。早速、藤原小黒麻呂《おぐろまろ》、藤原種継、佐伯今毛人《さえきのいまえみし》のお三方をはじめとする遷都のための視察団が派遣され、延暦三年六月十日、藤原種継様が造長岡宮使に任命されました。いよいよ都城と宮殿の建設が始まったのです。


さてここで我主人藤原薬子様へお話を移しましょう。

今は延暦三年ですから薬子様は十九歳、既に二児の母親でしたが、当時のお公家様の娘としてはごくごく普通でした。しかし、十九歳という年齢からくるその美しさといったら、もう言葉にはできません。幼少の頃、小柴垣の隙間からその可愛らしさを覗き見する公達はたくさんおりましたが、今やもうその美しさは何といいますか頂点に到達しておられます。

妙齢で、艶麗で、もう一つ男を惑わす色気も十二分に……。

ご主人の藤原縄主《ただぬし》様は藤原氏式家の中堅の政治家で、お酒が大好きですが、極めて真面目な方です。薬子様のような超美人とご結婚されましたが、我妻の恐ろしいほどの美しさに惑わされることなく、立派に職務を果たしておられます。他のいやらしい男どもは薬子様と何とかして知り合いになろうとヤキモキしているのでしょうが……。

ある日のことです。薬子様のお屋敷で、

「薬子よ、話がある」

縄主様はお仕事の帰りでしたが、非常に嬉しそうです。

「はい、何でございますか？」

「ん、嬉しきことぞ。前々から噂にはしておったが、いよいよ遷都が現実になったぞ」

薬子様はやっぱりという微笑を浮かべて、

「遷都？　そうでございますか、やっぱり。で、何処でございますか、新しい都は？」

「長岡村じゃ」

「長岡村！　そうですか。あそこは空気も水も本当にきれいで良い所ですね」

「ん、それともう一つ良いことがある、当ててみよ」

「もう一つ？　何でございましょう？」

「ハッハッハッ、分からぬか、では教えてやろう。実はな、我らが父種継様が造長岡宮司に選ばれたのじゃ」

「エッ、父が造長岡宮司に……本当でございますか？」

「本当じゃ、嬉しいじゃろう」

「はい！」

お二人とも満面の笑みでございます。種継様が造長岡宮司に選ばれたということは、藤原式家である我らにやがて全盛時代が来るということ。長岡京は我らが都も同然。

「それでは縄主様、この長女も何れは入内して……ということに、そして縄主様も何れは――」

「ハッハッハッ、そのようなことはまだ早い。麿は今まで通り父上を補佐して麿の仕事を全うするだけじゃ、そうであろう？」

「はい」

「うん、それでこそ薬子じゃ、今宵は実によい夜じゃ、そうじゃ、酒を持ってまいれ。今宵は二人で飲み明かそうぞ。今夜はここに泊まっていくぞ」

「はい、分かりました」

縄主様はこの通り真面目な一官僚、薬子様もこの頃は夫思いの優しい妻といった普通の夫婦でした。ただ薬子様の並外れた美しさと男を惑わすほどの色気を除いては。

種継様が造長岡宮司に選ばれたという知らせは薬子様の兄君、藤原仲成様のお屋敷にも届いておりました。

「ウワーッハッハッ、父上よ、ようやってくれおった。さあ、今から麿の時代が来るぞ。楽しみになってきたぞ。ウワーッハッハッ」

何となくいやな感じですね。

種継死す

長岡京の造営工事は急ピッチで進んでいきました。この長岡村は種継様の実家がある場所で、種継様の頭の中には新都の造営から建築、土木、道路網などありとあらゆることがインプットされていたのです。

「種継よ、朕が最も気をもんだ水の便は如何なものか？」

「はっ、その件につきましては長岡京の近くには、桂川や宇治川などの大河が合流する点がございます。ここに津（港）を設けます」

「ん、そして如何いたす？」

「はっ、ここに全国からの物資を荷揚げして集約し、ここから小型の船に積み替えて川を遡《さかのぼ》れば、そのまま直接都に入ることが可能でございます」

とまあこういう具合に数々の諸問題を乗り越えていきました。種継様は桓武即位前後から信任が厚く、この遷都を境にめきめきと頭角を現してきたお方です。

そう、種継様の藤原氏式家は今や全盛期を迎えました。

縄主様は中納言に、兄君の仲成様は若輩ながら従五位下に昇進します。特に仲成様は典型的な親の七光りなのに、それが分からないのでしょう。もともと欲の深い傲慢な性格の持ち主で、お酒が入るともう手が付けられない方でした。それも種継様が健在の間はよかったのですが……。


さて、酒人内親王の娘、朝原内親王が伊勢斎王に卜定されたことは前に述べましたが、延暦四年（七八五年）八月、このお嬢様が伊勢神宮へ向かう日がやってきました。

当時、新斎王様はまだ七歳の可愛い盛り、その可愛さもあって桓武天皇は見送りのためでしょうか、平城京へ向かわれました。

そして九月七日、斎王様一行が平城京を出発し、文武百官大和の国境まで見送られたのです。それから桓武天皇はすぐには長岡京へ帰らず水雄岡で趣味の一つ、猟を楽しまれました。ところが、ところがです、天皇が留守の間に長岡京では大変な事件が起きたのです。

九月二十三日の夜、種継様はいつもの通り夜間の工事現場を見回りに、お付きの者七、八人を連れて出かけられました。その日は冷気の非常に冷たい、いつにも増して真っ暗な夜でした。

「うん、この扉はよく磨かれておるな」

「ここの階段は明日までに仕上げよ、よいな!」

「はっ!」

「これ! 松明《たいまつ》をもっと近う」

今で言えば一級建築士を挟んでの激しい意見のやりとりが行われていました。

「見回りをせんと夜とはいえ、怠ける者がおるやもしれん」

そうしている間に大極殿《だいごくでん》の柱の間から二十人ほどの黒装束の者たちが種継様一行を取り囲みました。

「なっ、何奴じゃ、名を名乗れ!」

黒装束の輩は黙ったまま突然、「でやーっ!」っと切りかかってきました。

何ということ!

「曲者め、このお方を大納言藤原種継様と知っての狼藉か!」

その瞬間、ヒュン、ヒュン、と鋭い風が闇を切り裂きました。

「んぐ、うー……」

ん？　この声は……大変です、種継様がどうっと落馬されました。胸には二本の矢が深々と刺さっています。

「種継様！」「種継様！」

「なっ、なにくそっ……、まだ都は出来上がっておらぬ、こ、こんな所で死んでたまるかっ」

すぐに右兵衛督、五百枝王《いおえのおう》様が異変に気づいて駆け寄ってこられました。

「なっ、何ということだ、種継様を早くお屋敷へ」

しかし即死は免れたものの、翌日、私邸で亡くなられました。御年四十九歳、まさに今が絶頂期に差し掛かっておられました。

翌日（九月二十四日）、事件の内容は早速平城京の天皇のもとへ届きました。天皇は直ぐに長岡京へ取って返し、既に息を引き取った種継様とご対面されました。

「たっ、種継！」

天皇の体が小刻みに震え、目には涙が溢れていました。

天皇は激高して、

「誰が殺った？」

「今、犯人逮捕に全力を尽くしておりますが、未だ……」

と五百枝王様が申されましたが、

「貴様も種継のそばにおったではないか、何という様だ！」

「もも、申し訳ございませぬ……」

五百枝王様たちの必死の捜索の結果、そこから明らかになった内容は実に驚くべきことでした。

まず大伴竹良《おおとものちくら》、実行犯の伯耆筏麿《ほうきのいかだまろ》、牡鹿木積麿《おがのきづみまろ》が逮捕され、拷問の結果、大伴実麿《おおとものさねまろ》、大伴《おおとも》妹子《のせのこ》、佐伯高成《さえきのたかなり》らが共謀して実行におよんだということが分かりました。このうち伯耆筏麿と牡鹿木積麿は矢を射た実行犯として即日処刑されました。

また大伴継人、佐伯高成らの自白では、私たちの想像だにしないもっと深刻な事件の背景が分かりました。

この事件の首謀者は驚いたことに一カ月前に死去された大伴家持様だったのです。そして、
一つ、この家持様を中心に大伴氏、佐伯氏らを集め、藤原氏のトップである種継様を暗殺する。

一つ、次に桓武天皇を退位させる。

一つ、代わりに早良親王を即位させる。

一つ、平城京の旧体制を復活させる。

要するに桓武体制の転覆を図ったクーデターであったわけです。桓武天皇の衝撃は計り知れません。さあ、果たしてこの罪が全く予期していなかった早良皇太子にまで及ぶのかどうか？

「弟早良はこの事件には加担してはおらん、不問にせよ」

と天皇が言われましたが、ここで藤原小黒麻呂様が強硬に、

「いいえ帝、事件に加担するしないは問題ではございませぬ。現に（大伴）継人の自白では次期天皇に祭り上げられているのです、それに」

　更に強硬に、

「早良皇太子様は立太子前は東大寺で仏の道を歩んでおられましたが、前帝の強いご希望で還俗なさいました。ところがこの長岡京では先の詔の通り、いっさいの寺院を造ることは罷りなりません。ということは当然南都の諸大寺も移転してくることはできないわけです。これは寺院にとっては大変な死活問題でございます」

　天皇は目を閉じてジッと聞き入っておられます。

「このような寺院の大問題が元東大寺におられた親王の耳に入らないわけがございませぬ。東大寺、薬師寺、元興寺等々からの懇願が……」

「ん、然もありなん」

「長岡遷都の目的の一つは、しがらみの多い奈良仏教からの離脱でございました。帝、どう

かご一考を」

天皇はしばらくの間目を閉じたままでしたが、次の瞬間確《しか》と目を開けて、

「早良を幽閉せよ！」

九月二十八日、早良親王は長岡京の東宮（皇太子居）から近くの乙訓寺《おとくにでら》へ移され、そこに幽閉されました。種継様暗殺事件で逮捕された者の数は数十人、その中で死罪八人・流罪六人をだして処理が終わりました。この中に大蔵卿藤原雄依《およ り》様がおられましたが、この時代のクーデターにしては藤原氏がただお一人ということは非常に珍しいことでした。

乙訓寺へ幽閉された早良親王様は、

「何故だ、何故俺がこんな所に幽閉されなければならんのだ、俺は何もやっておらん！」

本当に可哀そうです。実際に事件に加担したかどうかは未だに分かりません。

「帝、私はこのような謀反には加担しておりませぬ！　何故私を信じてくださらないのですか！」

早良親王はこの日から食を絶ち、十日後に餓死してしまわれました。まだ三十六歳という若さでした。しかしそれでも天皇の怒りはおさまらず、その遺体は淡路島まで搬送されたということです。

早良親王のあまりにも峻烈で涙を誘わずにはおられない最後は、やがて怨霊となって、また

しても天皇の周りを彷徨して行くのです。

早良親王死去の後、天皇の長男安殿《あて》親王様、後の平城天皇が立太子しました。まだ十二歳の少年親王です。読者の皆様、何か思い出しませんか？　そうです。百年前の壬申の乱（六七二年）です。この時と全く同じ背景がここに表れたのです。天智天皇と実弟の大海人皇子《おおあまのおうじ》、もう一方は天智天皇の息子大友皇子の関係です。不思議ですね。しかし親の立場にすれば、やはり年少とはいえ、我が息子に帝位を告がせたくなるのが人情だと思いますが……。

あっ、失礼いたしました。私のような下賤の分際で我が意見を申し上げるなどと……。でも面白くなってきました。この物語の副主人公、安殿親王様も登場なさいました。いよいよ本題に入っていきます。


種継様が亡くなられたのを悲しんでいるのは何も天皇周辺の公達だけとは限りません。むしろ一番悲しんでいるのは、そう、薬子様とそのご家族です。薬子様たちは天皇が内裏にお帰りになった後、悲しみのご対面をされました。

「ち、父上、父上……」

薬子様はご遺体にすがってただ涙、涙……。私たちもお屋敷の外で全員、男も女も声をあげて泣きました。縄主様は事件の経過を五百枝王様より詳しくお聞きになり、じっと下を向いて男泣きされていました。

「にっくき牡鹿木積麿、伯耆筏磨代め、こ、この磨の手で貴様たちの首を刎ねたかった」

兄君の藤原仲成様は我を忘れて大声をあげて、

「お、大伴の輩、ど、どうしてくれよう、この仲成が地獄に突き落としてくれようぞ！」

と叫びながら刀を抜いてお屋敷を飛び出して行かれました。あの方はこうなったらもうどうしようもありません。成り行きに任せるしか……。

薬子様はご遺体にすがって、ただただ一晩中泣いておられました。本当にお気の毒です。

平安遷都

早良親王の死後、桓武天皇の身の周りを次々と不幸が襲います。

延暦七年（七八八年）、桓武天皇夫人・藤原旅子《たびこ》様死去、三十歳。

延暦八年、桓武天皇と早良親王様の母・高野新笠《たかののにいがさ》様死去、年齢不詳。

延暦九年、皇后藤原乙牟漏《おとむろ》様死去、三十一歳。

こういうふうに身分の高いお方が（それも女性です）相次いで亡くなられました。これは桓武天皇ご自信ではなくて、その周りの方々に早良親王の怨霊が祟り始めたと考えてもおかしくありません。

そして遂に延暦九年九月、これに加えるかのように安殿親王が病気になられたのです。安殿親王は生まれつき体が弱かったのですが、ここへきて頻繁に寝込むようになったのです。帝は心配で心配で居ても立ってもいられません。そこでこの年の十月、かつての自分がそうであったように伊勢神宮へ参拝に行かせられたのです。

この時、安殿親王は十八歳、伊勢斎王の朝原内親王は十三歳。この後、朝原内親王は安殿親王の妃となられるのですが、またまた親子二代同様の運命に……。

不思議なものですね。伊勢神宮参拝の折、私どもは今回も何があったかは全く存じませぬが、安殿親王の病状は今回は一向に治まりません。早良親王の怨霊の猛威は止まるところを知りません。どうにかならないでしょうか？

藤原種継様が亡くなられてからというもの、縄主様のお屋敷は一日中火が消えたようにひっそりとしています。薬子様はさすがにもう涙は止まりましたが、その綺麗なお顔には憂いの美しさも加わったようで、さらにお綺麗です。

「薬子よ、麿はほんの少しではあるが安心したぞ。もう涙は止まったようじゃな」

縄主様は優しく肩を抱いて言われました。

「はい、私もそういつまでも泣いてばかりはおられませぬ、娘も日に日に大きゅうなります
る。私がしっかりしなくては」

「ん、それを聞いて麿も嬉しいぞ。我らで娘たちを立派に育てて、立派に入内させようぞ、
な！　それが我らの務めじゃ」

「はい」

縄主様は本当に真面目です。

「ところで縄主様」

「なんじゃ、薬子？」

薬子様は少し間をおいて、

「私たちはもう昇進、昇格は叶わないことになってしまったのでしょうか？」

縄主様も少し間をおいて、

「薬子、それはまだ分からん。確かに父上がおられた頃は我が藤原式家は日の出の勢いであ
った。麿もあの頃は願うて叶わぬことはなかった。しかし今はそれができぬというわけではな
い。麿はちゃんと内裏で仕事ができておる。左遷されるような噂もない。それに今は藤原氏の

中で抜きんでた方は一人もおらぬ」

「はい」

「桓武天皇というお方は実に素晴らしいお方じゃ。誰でも分け隔てなく扱われる。現に麿の仕事もよく評価してくださる。皇親政治の最たるお方じゃ、天皇というものはああでなくてはいかん」

「はい、それをお聞きして薬子は安心いたしました。いらぬ心配をおかけして誠に申し訳ございません。許していただきとう存じます」

「ん、薬子案ずるな。我らには息子の貞本《さだもと》もおる。兄君の仲成殿もおるではないか、心配は無用ぞ」

「はい」

「長岡京の工事はやっと半分が終わったばかりだ。父上も極楽浄土から毎日見ておられる。麿は頑張るぞ」

「はい、私も下の娘にお習字を教え始めました。それと……」

「ん？　それと？」

「はい、父上が亡くなられて早いものでもう五年になります。あの時は私は父上の遺体に取りすがってただ泣くばかりでした。弓矢が二本も胸に刺さって殆ど即死に近い状態だったと聞いております」

「そうじゃ、本当に言葉も出なかった」

「それで私は決心しました。これを機会に医術を身に付けようと」

「医術を？」

縄主様はまた意外なことを、というような顔つきです。

「はい、父上は矢傷でしたが私は何もすることができませんでした。ただ泣くばかりで、本当に自分が情けなくて……。その時から私は人の病を治す術を身に付けたいと思うようになりました」

「なるほど」

「それで私は都の施薬院のお役人について医術を身に付けて人のお役に立ちたいと思うのです。そうすることによって父上の死を少しでも無駄にしないようにと……」

「く、薬子！」

縄主様の目に涙が光っています。

「そなたは何時の間にそのような殊勝な女になったのだ！　麿は嬉しいぞ。父上もきっと喜んでおられるに違いない。よし、麿も父君を見習って建築を勉強してみようぞ」

と言われると、薬子様は、

「いいえ、縄主様は今や中務省の内蔵寮《くらりょう》の大黒柱です。皆様があなたを頼りにしておられます。あなたが内蔵寮にいなければ都の財政は成り立ちません。どうか今のお仕事に打ち込んでくださいますようお願いいたします」

「そうか、よし分かった。建築の話は置いといて、麿は今の内蔵寮の仕事に専念しよう。そなたは子供たちも宜しく頼むぞ！」

「はい！」

「うん、今日は実に良い日じゃ、そうじゃ、酒を持って参れ。久しぶりにそなたの舞も見てみたい、今夜はここに泊まって一晩中酒盛りじゃ、よいな！」

「承知いたしました、それでは早速お酒を。私は舞の準備を致します」

「ん！　頼んだぞ」

この時、延暦九年十二月、薬子様二十五歳、縄主様三十一歳。お二人は生涯で三男二女をもうけられます。子宝にも恵まれて、この頃が一番幸せな時ではなかったでしょうか、種継様が死去されたことを考えると。


さてここで薬子様の兄君・藤原仲成様はというと、仲成様は種継様の死後、若年ながら従五位下に叙されました。その後、出雲介、越後守、大宰大弐などの地方官や、衛門左、弁官などを歴任することになります。

種継様のご長男であり、種継様亡き後は藤原式家のトップということも幸いして順調に昇進するのですが、如何せんあの欲深な性格と酒乱とでもいうような行動の数々、先日もこういうことが……。

仲成様（衛門左）ともう一人の衛門左の方のお二人が激しく口論しておられます。

「貴様、この仲成の仕事を横取りする気か！」

「そ、そうではございませぬ、私は仲成様が酒に酔っておられますので大変と思い、ただ……」

「ふふん、これしきの酒で衛門府の警備を疎かにする仲成ではないわっ。とっとと立ち去れ！」

「しかしその状態では……」

「ええい、喧しい。もともと衛門府は藤原式家が仕事、他の輩に任せられるか。即刻立ち去らんと貴様を一刀の下に……」

「わ、分かりました」

何ということでしょう、仲成様はかなりどころか相当酔っておられました。これでは衛門府の仕事どころの話ではありません。これで従五位下のお公家様でしょうか？　最近はお酒の勢いで行動することも多く、また人の意見を聞かなかったり、親族の序列を無視することもままあると聞いております。種継様がいなくなって重石が取れたのでしょうか？　この先、藤原式家がこのまま発展を続けたら仲成様は一体どうなることやら……。

延暦十一年六月、安殿皇太子の病気はあまりにも長期にわたってよくなりません。そこで陰陽師に占わせてみると、ここではっきりと早良親王の祟りであると卦が出ました。桓武天皇は慌てて使者を淡路島に送り、その霊にお礼をして早良親王を埋葬し、穢れのないようにしました。

しかし、早良親王の怨霊は一向に止まるところを知りません。今度は建設中の長岡京が二度の大火に遭います。さらに安殿親王の妃・藤原帯子《たらしこ》様がなんと急死されました。

これにはさすがの桓武天皇もたまりかねて、長岡京を放棄して延暦十三年、詔勅を発せられます。長岡京から約三里ほど離れた山城国に新京を定め、ここを「平安京」と名付けます。ここに都を移す、これが所謂「平安遷都」で、延暦十三年十月二十二日のことです。これ以後、東京遷都（一八六八年）まで約千年にわたって日本の中心となる都の歴史が始まったのです。

桓武天皇は僅か十年で長岡京を廃都にしました。それにはいろいろな理由がありますが、何と言っても一番大きな理由は、早良新王の怨霊の祟りから逃れることでした。桓武天皇は二十六年の在位の中で遷都を二度も体験した稀有な天皇でした。勿論聖武天皇は紫香楽宮《しがらきのみや》、恭仁《くに》京、難波京と次々と遷都をしましたが、長岡京、平安京という二つの大規模な都市を建設し、その上に都を築くという大仕事を成し遂げた天皇はほかには皆無です。

長岡京はよく「幻の都」、「未完の都」などと言われますが、それは大きな間違いと言えます。それは、朝廷の宮殿や貴族のお屋敷は既に完成しておりましたし、政治の中心である大極殿や、都の玄関口である港も完成して人も出入りしていました。街の通りは条坊制によって整然と区画され、ほぼ八割は出来上がっていました。

しかし、度重なる天災地変や火事、怨霊による祟りも重なって、これ以上一向に工事は進みません。桓武天皇はすっかり参っていました。この時、帝のそばにいて的確な助言をされたのが和気清麻呂様でした。

清麻呂様は前にも述べましたが、地方豪族出身で、奈良時代から打ち続く政争とは全く無縁の方でした。平安遷都もきっと清麻呂様の助言があったに違いありません。確かに長岡京の造営に掛かった費用は膨大なものでした。しかし早良新王の怨霊の祟りから逃れ、旧奈良仏教からのしがらみからも逃れて新体制で政治、経済、そして律令制を再スタートさせるには平安遷都しか方法はなかったのです。

しかし、しかしですよ皆さん、早良親王の怨霊の恐ろしさは、ただ単に都を遷すくらいで治まる怨霊ではなかったのです。

ここから第二章に入りますが、読者の皆様にお願いがございます。誠に勝手なお願いですが、第二章からは私の拙《つたな》い敬語を省略させていただきたいのです。第二章からいよいよ『情炎の女薬子』の本題に入りますので、敬語ではなく普通にご説明した方がよりリアルに物語を理解して頂けると確信いたします。勝手ながらどうかよろしくお願い致します。

第二章

新都京都

長岡から京都へ

「薬子、何をそう泣いておる、悲しいのは分かるが少しは元気を出せ。麿も心配でたまらん。父上も悲しんでおられるぞ」

縄主はやさしく薬子の肩に手を置いた。

「縄主様、申し訳ございません。でも……」

薬子は縄主の胸にその美しい顔をうずめた。

「んん、じゃが今度の遷都は大急ぎでせねばならん。我らの屋敷も早々に出来上がる。新都に移ったらまた忙しくなる。泣いておる暇はないぞ」

「そうですね、分かりました。でも私は本当に悔しゅうございます。今まであんなに種継様、種継様と老いも若きも、上も下もうるさいほどに胡麻をすっていた人たちが、今は誰も見向きもしない、世の中ってあまりにもひどい……」

「んん、そうじゃな」

「それに長岡京もです。あの都は父上が図面を書いて皆に説明をして、そうして造ったも同然の都、それを僅か十年で廃都にしてしまうなんて……、ち、父上があまりにも可哀そうで……」

薬子はまた涙、涙であった。

「ん、分かる分かる。しかしな薬子、この日本で御上の決めたことに逆らう人間など誰もおらぬ、たとえそれが間違いであってもな。御上は現人神よ」

「はい」

「今回の遷都にはいろいろな理由があってのこと、これに関して麿も何も言えぬ。しかし和気清麻呂様ほか大勢の人たちの総意で決まったことは確かじゃ。だから麿もこれに従わねばならぬ」

「和気清麻呂様……」

薬子はこの名前を聞いて僅かながら驚いた。父種継が兄とまで慕っていたあの清麻呂様が、父が造ったも同然のこの長岡京を捨てて平安京を御上に推薦したと……。

「そうじゃ、分かってくれ薬子」

「はい」

薬子は、はいとは言ったものの、心中は複雑であった。

「あの清麻呂様が……」

「種継、朝堂院門は移設がうまくいった。大極殿も完成した。あとは内裏の仕上げじゃ」

「お任せください、あと二カ月ほどで完成致します」

「んん、そうか。では縄主！」

「ははっ」

「内務について明日、役所でそちの話を聞こう、秦氏と一緒に参れ。内務の話はいつも頭が痛いのう」

「御意」

これは、三年ほど前、種継の屋敷で清麻呂、縄主の三人が内務（財政）の話をしていたのを、当時は将来がバラ色であった薬子が盗み聞きしたものである。

（あれほど長岡遷都に積極的であられた清麻呂様が……）

「ところで薬子、娘のほうはすっかり麗しゅうなって、もういつ入内させても大丈夫なようじゃな」

薬子はビックリして、

「は、はい、もういつでも……」

「娘もそちに似て本当に美しゅうなった。きっと安殿親王の目に叶うに違いない」

「はい、私も十分に期待しております」

薬子はそう言って満面の笑みを見せたが、心の中では今の自分にしかできない意外なことを考えていた。そう、女性の自分にしかできないことを……。


慌ただしい遷都の中、早良親王の怨霊は今を盛りと駆け巡っていく。

早良親王は光仁天皇の次男として生まれた。兄の山部親王は頭脳明晰で体も逞しく、鷹狩を好む凛々しい青年だった。立太子してからは天皇となるべく教育を受けている間、弟の早良は十一歳で出家し、僧侶となるべく東大寺で慎ましい生活をしていた。

兄と比べると口数も少なく、読経や書道に精通し、このまま僧侶として生きていく様は、初代の東大寺別当良弁《ろうべん》の後継者に指名されるほど高潔で禁欲的であった。厳しい修行や戒律など少しも気にならず、仏に献身する生き方こそ自分に与えられた天命と信じ、精進にあけくれる毎日を送っていた。

それがある日、突然父光仁天皇から還俗（七八一年）を命ぜられ、宮廷に呼び戻されたのである。早良親王の胸中は如何ばかりであったろう。つい昨日まで一心不乱に仏の道を歩んでいた若者が、今日からは皇太子として魑魅魍魎の渦巻く世界に放り込まれたのである。早良親王は自分の置かれた状況が信じられなかったに違いない。

その挙句が、種継暗殺事件に関連して次期天皇に祭り上げられてしまった。その結果、幽閉され、最後には淡路へ流罪である。

「俺は何もやっていない！」

「帝、私はこのような謀反には加担しておりませぬ！　何故私を信じてくださらないのですか！」

早良親王は心の中で何百回、何千回とこの言葉を叫んだことだろう。

食を絶つという凄絶な行為でしか意思表示のできなかった当時、何も語ることなく死んでいった早良親王の無念の想いは、平安遷都という未曾有の大事業となって古代の日本を席巻したのである。


平安京の造都工事は実は遷都の前年から着手されていた。このような国家的大事業を推進するには、今で言う国土交通省が主体となっていろいろな組織を編成するが、当時はこれを「造宮使」と言った。

この造宮使は、延暦十五年（七九五年）には「造宮職《ぞうぐうしき》」に格上げされ、その造宮長官に和気清麻呂が就任した。その下には菅野真道《すがのまみち》と藤原葛野麻呂《かどのまろ》がおり、総勢百五十人くらいの役人が毎日造都事業に携わっていた。

まず役夫については、

「五位以上の役人には新京建設の役夫の徴集を命ず、よいな！」

「ははっ」

その半年後、

「新宮の各門の建設には諸国からの役夫を充てる」

また新都建設となると、それ相当の広い土地が必要となる。これについては何せ古代の日本のこと、買い上げ、交換、収用、その他一方的に何でもござれであったと思うのだが、そこはさすが日本、お隣の中国とは違い一〇〇％とは言わないまでも、そういうことはしなかった。

「これまでの口分田を京域に取り上げられた者は、代わりの口分田として山城国にあった役所の公田を与える」としたのである。こうして新都の近くにも多くの耕作地を開拓し、食の面でも問題がないように整えていった。

こうして新都が営まれる葛野の盆地には徐々に人が増え始めた。

このような国家的大事業が進行していくのを見ていると、どうしても思い出してしまうのが、五十年前のあの大事業である。そう、盧舎那仏建立。あれも確かに国家的大事業であった。しかもその殆どが無償労働であったことを考えると、徴集された役夫（その殆どが農民）は言葉も出なかっただろう。あの当時の日本の人口は多く見積もっても五百〜六百万人、そのうちの約二割が何らかの形で大仏建立に従事したという。

平安京は確かに出来上がってみると巨大な都市というだけで、商品も、利益も、安らぎも何も生まない。しかし、そこには人と人との出会いがある、交わりがある。日本国の首都であるが故に、政治、経済、外交、その他芸術、音楽などいろいろなことがここを中心に世界へ羽ばたいていく。

だがあの怪仏は何だ？　巨大なだけで何の役にも立たん。この怪仏を造るためだけに徴集された農民が、本当に可哀そうであった。平安京も農民にとっては限りなく重い負担であったことに変わりはない。

延暦十七年、薬子の家ではいよいよ来年に迫った長女星子《せいこ》の入内に向けて一家全員が胸をふくらませていた。

星子は今年十四歳、薬子譲りの笑顔の素晴らしく綺麗な娘に成長し、薬子も縄主も我が娘ながら自慢の種であった。

「星子、そなたはもう立派な大人です。本当に美しい娘に育ってくれました。何処へ出しても恥ずかしくありません。きっと安殿親王の目を引くことでしょう」

「父も嬉しいぞ、早う妃になって立派な御子を授かることじゃ」

「はい、父上」

親子三人で幸せの団欒を楽しんだあと、夫婦二人になると、

「あなた、お願いがございます」

「なんじゃ、薬子？」

薬子は縄主に酒をつぎながら、

「はい、実は私は安殿親王様とは十年以上前の父が生きていた頃にお会いしただけで、それから長い間お会いしたことがございません」

「おう、そうであったな」

「はい、それで私は心配でならないのです」

「というと星子のことか？」

「はい」

薬子は酒を進めるスピードが速くなった。

「星子は大人と申しましてもまだ十四歳、恥ずかしながらそちらの方はまだ何も知らないのです」

「んん、やはりそうか」

「ええ、それで星子が入内する前に私は一度親王様とお会いしたいのですが、できますでしょうか？」

「んん、それはできないことはない」

「あなたも親王様もお忙しいことは十分承知しております。特に今は遷都中ですので……」

薬子は縄主の方へそのふくよかな体をすり寄せてきた。ほのかな花の香りが縄主の体を擽《くすぐ》る。

「星子の入内の時には勿論私は一緒に参りますが、何せ私ども二人で手塩にかけて育てた娘、もしものことがございましたら親王様に申し訳がありません。それで……」

薬子の雪のように白い手が縄主の頬から首筋、胸へと……。

「そういうことか、是非もない」

「どうかお願いいたします」

「よし、分かった。麿に任せよ、これも星子のためじゃ」

「ありがとうございます、あなた」

縄主はすっかり薬子の術中に嵌まってしまった。こうなったら男はもう女の思うがまま、特に薬子のような色気ムンムンの熟女であれば男なんてどうってことはない。

この時薬子は三十二歳、平成の世であれば今からが女の盛り、こういう女につまずいたら、男は老若を問わず人生を棒に振ることにもなりかねない。ところが今は平安の世、それもスタートしたばかりの延暦十七年。この時代、三十二歳というのはハッキリいって〝おばん〟である。それも薬子は子供を五人も出産したおばさんである。

ところが薬子は違った。既に五人の子持ちではあったが、薬子は言葉通りの美人である、熟女である、見方によっては美魔女である。平安遷都が行われた三年前、かつての薬子がそうであったように、噂を聞きつけた公達は可愛らしい星子を一目見ようと我も我もと屋敷に押しかけた。

「何と可愛らしい娘じゃ」「美しい、家に連れて帰りたいくらいじゃ」などと口ぐちにこぼしてはいたが、彼らの感心は別の所にあった。そう、彼らは星子のそばにいつも付いて回る薬子にあったのだ。

「あの歳なのになんと美しい……」

「あの雪のように白い肌、お付き合いを願いたいものじゃ」

「どうにかして声をかけたいのじゃが……」

薬子も彼らの気持ちは十分に理解していたが、そこは男を翻弄する女のしたたかさ、ほんの少しの笑みや目配せ、またわざと袖を大げさにまくり上げて、真っ白いふくよかな二の腕をチラッと見せるだけで、公達はもう居ても立ってもいられなくなるのであった。薬子は今や平安京一の艶麗な熟女となった。そして男を虜にする怪しい魅力を存分に発揮して、安殿親王や藤原葛野麻呂といった皇族や高級官僚を次々と骨抜きにしていくのである。

安殿親王

「薬子、用意はできたか、そろそろ出かけるぞ」

「はいあなた、直ぐ参ります」

今日は薬子がかねてから縄主に懇願していた、安殿親王のお顔を拝見する日である。縄主の官位は現在正四位、天皇に近侍し、または御所に出仕するのは主に三位以上の位階を世襲する公家である。種継が生きていた頃は長岡京の建設時期であったため、種継と縄主はそれこそ毎日のように天皇と会っていた。

しかし種継が暗殺されてからは、藤原式家も後ろ楯を失い、御所に出入りすることもままならなかった。縄主の官位は正四位なので、皇太子ともそう簡単に顔を合わせられる身分では勿論ない。

安殿親王は幼少のころから体が丈夫なほうではなかったが、延暦九年（七九〇年）早良親王の祟りのせいか急に病気がちになり、あまり人と会わなくなった。

しかしそれから八年近く経って親王ももう二十五歳、病気の方は癒えていないまでも、一人前の大人に成長し公務も熟《こな》すようになった。今日は御車寄前《おくるまよせ》で公達が興ずる蹴鞠をご覧になるとのこと。薬子が親王のお顔を垣間見るには良い機会である。

「うん薬子、今日はまた特別綺麗じゃ、麿も本当に嬉しいぞ。星子のことを宜しく頼むぞ」

「はい、親王様ときっと良い夫婦になれますよう、私も星子を褒めあげてまいります、お任せください」

「んんっ」

薬子は多紀《たき》に命じて薬子の牛車を、りんどうの花の押花でいっぱいに飾った。牛車は普通は黒塗りに赤であるが、これだと紫の可憐な花がどこにいても目立つ。よく考えたものだ。安殿親王の第一印象をりんどうの花で忘れられないものにするつもりなのだ。さて親王は十二年振りに薬子と対面してどういう反応を示すだろうか？

縄主たちが御車寄に着くと、もう蹴鞠は始まっていた。御車寄は昇殿を許された者だけが参内する時の表玄関である。これより奥には親王及び三位以上の位階の者しか入ることはできない。従って御車寄前の広場は、それ以下の多くの官僚たちが駆けつけて、蹴鞠を楽しむことができる唯一の場所である。

縄主と薬子は親王の御席の真正面に二人並んで席を取った。ここならいやでも親王の目に入るだろう、ましてや今日の薬子は美熟女そのもの、人目を引く。

そうこうしているうちに安殿親王のお出ましである。広場の一段高い所に座って、ゆっくりと広場全体を見渡す。まだ体が万全ではないせいか顔色が冴えない。しかしこれも二十五歳の青年親王の立派な公務の一つだ。もし病気が癒えたら自分も参加したいところだろう。親王は蹴鞠の選手に労《ねぎら》いの声をかけている。今日の親王は体の調子がよいようだ、笑顔も出てきた。

さあ、いよいよ藤原薬子の出番である。

時間もかなり経った。そろそろご退出である。親王は立ち上がり、もう一度広場全体を見渡す。全員が頭を下げたその時、親王の眼が一点に集中して止まった！

その視線の行き着く先に藤原薬子がいた！

真っ白い衣、濃い紫の裙《も》、それはまるで秋の野に咲くりんどうの花のように浮かび上がって見える。遠くからではあるが真っ黒い艶やかな髪、雪のように白い顔、ふくよかな体つき、どれを取っても筆舌に尽くしがたい。親王は瞬く間に薬子に魅せられて、しばらく動けなかった。

薬子はただ一人、大内裏の東宮御所に通された。そこには安殿親王が待っていた。

「その方、名は薬子であったな」

「はい」

「苦しゅうない、近う寄れ」

「よろしゅうございますか？」

「構わぬ」

薬子は御台のすぐそばまで寄った。親王は静かに簾をあげた。そこには、美しい、なんと美しい、この世の美を超越した最高の女性が、目の前にいた。藤原種継が死んで以来十二年間、顔を合わせることのなかった二人が今、目と目を合わせたのである。

「薬子、薬子じゃな、あの美しかった。今はあのころよりもっともっと美しい。薬子、よう来てくれた」

「親王様、お逢いしとうございました」

薬子は感激のあまり涙が止まらない。

「麿も逢いたかったぞ」

「親王様、少しお痩せになられました、おいたわしい」

「その美しい顔、きれいな髪、真っ白い手、何もかも昔のままじゃ薬子。麿はそなたの顔を見たらもう思い残すことはない」

「何を言われます親王様、私は医術を心得ております。私が治してさしあげます。ご安心なさいませ」

「そうか薬子、そうか！」

「はい」

二人はひしと抱き合い、夢の世界へと入っていった。

安殿親王の母は桓武天皇の皇后で藤原乙牟漏《おとむろ》と言い、安殿親王の他に神野親王（嵯峨天皇）、高志《こうし》内親王を生んだ。彼女は美しく性格も温和で、礼儀正しく良き母であったと言われてれる。桓武天皇の周囲では延暦四年の早良親王の絶食自殺以来、皇族の、それも女性の不幸が多発したことは前に述べたが、藤原乙牟漏も延暦九年に三十一歳という若さで没した。安殿親王は乙牟漏に非常に懐いていたという。十二年ぶりに再会を果たした親王が薬子に完璧なまでに骨抜きにされたのは、今の艶麗な薬子に昔の乙牟漏の面影を求めていたからかもしれない。

「親王様」

「んん、なんじゃ薬子？」

薬子は親王の胸にすがりながら、

「来年の一月に我が娘の星子《せいこ》が入内いたします」

「おお、そうであったな」

「はい、でも……」

「んん？　でも、なんじゃ？」

「はい、入内するとは申しましても星子はまだ十四歳の子供でございます」

「んん」

「それで入内の日には私もご一緒致します、お許しくださいますでしょうか？」

「ん、そうか！　薬子も付いて来てくれると申すのじゃな！」

「はい」

「そうか！　楽しみにしておるぞ、薬子！」

当時親王と薬子が相見《あいまみ》えるなどということはまず不可能であった。特に今日のような蹴鞠の見物に女性が出席するなどもっての外。それが何故実現したのかというと、薬子は最初は御車寄せに止めてある牛車の中でじっと待っていた。そして親王が退出される時間を見計らって車を降り、こっそりと縄主の横の席にほんの一瞬だけ着いたのである。親王が全体を見渡して退出しようとした瞬時に二人の目が合い、二人の運命が決まった。

とはいっても、この当時女性が男性に姿を見せることなど有り得ないことで、今日の密会も言って見れば法を犯しての逢瀬である。次回二人が周りを気にせず堂々と逢うには、星子の入内の日を待つしかないのである。

「おお薬子もう行くのか、別れとうない！　このままずっと二人でいたい」

親王はまた強く薬子を抱きしめた。

「私もです、でもいけません。私たちは別れなければまた逢うことはできません。もうしばらくの辛抱です、待っていてください親王様」

二人はこうして十二年ぶりの再会を果たした。これからの運命にどのように弄ばれていくかも知らずに……。


「薬子どうじゃ、安殿親王は元気なご様子であったか?」

「はい、今日はすごぶるご気分がよろしかったようで」

「そうか、それはよかった」

縄主もそれを聞いて満足げに酒を一杯……。

「私が星子のことをお話ししますと、もう笑顔一色でございました。親王様は本当にお体が悪いのですか?」

今日の親王の張り切り様を思うと、体の不調などとても考えられない。

「聞くところによると、常に頭痛に悩まされておるそうな……。そちも覚えておろうが、子供の頃は蹴鞠が大好きでのう。もしお体が万全ならあの中に入って蹴鞠を楽しまれたであろうに。もし即位されたら気軽に蹴鞠などできぬからのう……」

「そうですね……」

薬子は決心した。自分が身に付けた医術で新王の病気はきっと治してみせると、きっと。

「さっ、あなたお酒を。今日は親王様にも面会できました。星子のこともお伝えできました。あとは入内の日を待つばかりです、我が家にとってはおめでたい日ですよ、大いに飲んでください」

「おう、そうじゃな。今宵の酒はまた格別じゃ」

それにしても藤原縄主という男、全く人がよいというか、恐妻家というか、これほど波風を立てない男も珍しい。これほどの美熟女で人を引き付ける魅力を持った女性を妻に持っていながら、よく毎日をさり気なく、つつがなく送っていけるものだと感心する。一体どういう神経の持ち主なのだろうか？

藤原縄主は天平宝字四年（七六〇年）藤原蔵下麻呂《くらじまろ》（式家）の長男として生まれた。青年時代までは藤原式家内の内紛に直面し不遇の時を送るが、その後、藤原種継の娘薬子と婚姻する。薬子は同じ式家内同士とはいえ、敵方の娘である。複雑な思いだったであろう。が、この婚姻が後の彼の人生を大きく転換させることになる。

その後出世した種継の計らいで縄主のキャリアは順調に積み上がると思われた矢先に、あの種継暗殺事件である。一瞬にして後ろ楯を失った藤原式家の没落は推して知るべし。縄主も薬子の名前も一度歴史から消えてしまった。

その後、平穏無事に暮らしてきた二人ではあるが、薬子の方は種継が健在であったあの華やかな頃が忘れられない。「いつか必ずまた内裏に復活してみせる。私なら絶対にできる！」という思いを胸に自分に磨きをかけることを忘れなかった。

また、種継の娘薬子と縄主とでは格の違いは明らかである。縄主は婚姻当初から家柄がよく、美人で頭脳明晰な薬子に気を使っていたのであろう。勿論今でも……。

そうはいっても縄主もなかなか強《したたか》かな男である。青年期の不遇時代にひたすら勉学に励み、特に外国語（漢語）には長けていたという。それと彼のひたすら耐えるという稀有な特質は、これから先もずっと縄主自身を助けていくことになる。


延暦十七年十二月、縄主夫婦にとって嬉しい知らせが届いた。来年早々、星子の入内と同時に縄主の参議が決定したというのである。参議というのは、所謂令外の官で四位以上の位階をもつ官僚の中から特に才能のある者を選び、朝政に参加させるという非常に画期的な、かつ昇格に値《あたい》する人事制度である。しかも数ある官僚の中から八人しか選ばれない。

「あなた、おめでとうございます。あなたもいよいよ公卿様ですね」

「んん、薬子やったぞ。これで星子も何の気がねもせずに入内できる。本当に嬉しいことよ」

「常に努力を怠らないあなたの性格が功を奏したのです。帝もよくご存じなんですね。よかったですね本当に……」

薬子は涙が溢れて止まらなかった。これで我が夫縄主を周囲の公達に心置きなく紹介できる。自分は周りの女性たちから一歩抜きんでたのである。

「あなた、今夜は星子を交えて祝宴ですよ」

縄主の参議昇格は薬子にとってもう一つ嬉しいことがあった。それは入内と同時に薬子親子に与えられる局《つぼね》（部屋のこと）のことである。この局は普通母娘に一つずつ与えられるものだが、妃の父親が参議ともなると、入内一つをとってもかなりの大所帯で行われる。ということは薬子に与えられる局もかなり大きなもので、こうなると非常に動きやすくなるのである。

局が集まった建物を後宮と言うが、この後宮のいろいろな情報も動き方によっては当然薬子のもとに集まってくるようになる。これらの情報を駆使して帝を思いのままに動かすこともできないことはないかもしれない。それも薬子くらいの魅力的な熟女になると……。

それにしても娘星子の入内と縄主の参議昇格が重なったことは、あまりにもタイミングがよすぎるのではないか？　あの安殿親王と薬子の密会の時に何があったのかは分からないが……。

星子の入内

奈良から長岡、そして京都へと政治の中心が移って行く中で、桓武天皇即位の頃からの重要事項のひとつに、蝦夷との戦いがある。少し触れておこうと思う。

およそ国家間の問題解決は、領土問題を解決することに他ならない。桓武天皇は二十五年という長きにわたる政権の中で、都合四回の蝦夷征伐を敢行したが、これにも大変な費用と労力を費やした。

宝亀十一年（七八〇年）、これまで郡司に任命していた伊治呰麻呂《あざまろ》が反乱を起こし、朝敵となったのが事の発端で、中央政府は直ちに制圧に乗り出し、藤原継縄《つぐただ》、藤原小黒麻呂を征討責任者に任じた。そして翌年、小黒麻呂は戦果報告で勝利と報告し帰京を要請してきたが、如何せんその実態はおよそ勝利とは程遠いことが分かった。

この結果を受けて桓武天皇は蝦夷征伐を自らの政策として取り組むこととし、延暦三年（七八四年）二月、軍事氏族の大伴家持を「征討将軍」に任じた。

家持は『万葉集』の編集に関わった歌人として取り上げられることが多いが、大伴氏は大和朝廷以来の軍事の出ということは前に述べた。ところが当の家持が翌年の八月に任地で亡くなってしまったがために、具体的に最初の蝦夷征伐が動き始めるのは延暦七年になってからである。

この年の三月、莫大な食糧と兵力を多賀城に結集し、征夷大将軍紀古佐美《きのこさみ》は翌年の三月、多賀城を出発して全軍攻撃にあたった。ところがこれまた多数の死傷者を出し、惨憺たる敗戦であったが、戦果は、これまた勝利と報告。

桓武天皇は、「嘘をつくな！　恥を知れ！」とばかり叱責した。

全く当時の軍事公卿たちは戦争というものをどう考えていたのだろう？　それも官位が上に行けばいくほどその度合いが酷くなる。勿論今のようにリアルタイムで戦況を知ることは不可能なので、負け戦でも適当に数字を合わせておけば何とかなる。それよりも早く帰京したいという気持ちが一番だったのではなかろうか？　その気持ちは分からんでもないが……。

またこの戦いでは、蝦夷側に類いまれなる勇者がいた。それが阿弖流為《あてるい》である。

第二次は、延暦九年三月、天皇は勅を出して関東を中心に武器製作や兵粮の調達を命じた。そして翌年の延暦十年、大伴乙麻呂が征夷大使、坂上田村麻呂を副士とし、延暦十三年まで四年以上にわたって戦いが続けられた。

この時帰還した都は平安京で、長岡京ではなかった。

果たして今次の戦いは相当な成果を上げたようではあるが、足かけ五年もかかっており、大変な費用と労力を費やした。

延暦十八年一月、前日から降り続いた雪も日の出とともに止み、外一面真っ白の雪景色。明るい太陽が早朝の冬空に映えて素晴らしい冬の一日になりそうだ。

「まああなた、来てください、本当にきれいな雪景色。星子の入内に相応しい朝ですわ」

縄主も満足げに、

「おお、天気も星子に味方してくれた。本当に美しい朝じゃ。しかし星子の方がもっときれいじゃ」

「そうです、星子のほうが。親王様もお喜びです」

「薬子、宜しく頼むぞ。二人一緒に入内してくれれば麿も一安心じゃ」

「よく分かっております。きっと星子は幸せになります」

「んん、その通りじゃ。麿はこれから一足先に東宮御所へ挨拶に行って参る。あとは宜しく頼むぞ」

「分かりました、行ってらっしゃいませ」

縄主はゆっくりと牛車に乗って出かけた。

それから二時間ほど経った午の刻、今度は薬子と星子を乗せた檳榔毛車《びろうげのくるま》が縄主邸を出発し、承明門を通って梨壺《なしつぼ》（東宮御所）へと入っていった。

星子と薬子には比較的広い局が与えられた。星子の後見役として入内した薬子にとっては、これは非常に便利で、親王の情報を探るには梨壺中をあちこち動き回る女房を多数丸め込み、所謂お局様になるのが一番だからである。そのためには広い局が絶対に必要であった。

さあ、今から星子の所へ行って、梨壺での生活についていろいろと星子に教えなければならない。何せまだ数えで十五歳の少女である。とはいっても親王の妃はひたすら親王のお越しを今か今かと待つだけである。でも他に何か教えることがあるのだろう。

薬子が星子の局に向おうとしたその時、トントンと仕切りを叩く音がした。

「誰あろう？　今頃私の所へなど……」

薬子はそう思って仕切りを開けると、

「薬子、逢いたかったぞ薬子！」

何と安殿親王がそこに！

「し、親王様！　何故このような所に、い、いけません、親王様……」

「構わぬ、麿はそなたが来るのをひたすら待っておった、ただそれだけじゃ」

安殿親王は薬子の制止を振り切りズカズカと局に押し入って、

「もう離さんぞ薬子、もう何処にもやらん」

親王は薬子を力の限り抱きしめた。

薬子は想う気持ちを必死に抑えてはいたが、とうとう我慢できずに、

「親王様、私も逢いとうございました、あの日から何度眠れぬ夜を過ごしたことか……」

「そうか薬子、そうか！」

こうして二人はまた法を犯しての逢瀬に酔いしれた。

しかし平安のこの時代、安殿親王が薬子のもとを訪ねるなど不可能に近いことであった。まして や将来の妃である星子にいたってはもっての外、薬子の役目は男を星子から遠ざけること、そして立派な妃に育て上げることである。唯一星子に近づくことができる男といえば、それは安殿新王であり、それも正式に婚姻をすましてからである。従って禁を犯した者には相応の制裁が待っていたであろう。


桓武天皇は平安京を築き、蝦夷地の平定に乗り出し、律令制度を立て直すなど日本の天皇史上画期的な事業を遂行した評価の高い天皇ではあるが、その反面、怨霊との戦いに悩まされるという稀有な経験の持ち主でもあった。平安遷都以降も怨霊との戦いはまだまだ続く。

延暦十五年四月、雹《ひょう》が降り農作物が大きな被害を被る。
五月、大雨で洪水となり多数の死者が出る。
七月、尾張で飢饉発生。
八月、日食があって日本中の国民が恐怖に怯える。

このような天災地変が続いたので、天皇自ら、南庭に臨み万国安寧を祈る。

こうした怨霊に悩まされる中の延暦十六年十一月、坂上田村麻呂が征夷大将軍に任命され第三次蝦夷征伐が始まる。田村麻呂は四年間にわたって蝦夷との戦いに従事し、めざましい戦果を挙げた。永年にわたって蝦夷のリーダーとしてあれほど紀古佐美らを悩ませた阿弖流為が副将母礼《もれ》と戦士五百人を率いて降伏してきたのである。

田村麻呂は二人を伴って帰京し、彼ら二人をいったん蝦夷へ帰し、そして蝦夷の地を教化する策を進言するための必至の助命嘆願を始めた。

「阿弖流為も母礼も我らと同じ立派な戦士です、彼らは嘘はつきませぬ」

田村麻呂は両雄の武勇と器量を惜しみ、戦後の蝦夷経営に登用すべしと考えた。

しかしこれに真っ向から反対したのが、平安京の天皇及び貴族である。

「今日まで二十年近く蝦夷との戦いを繰り返してきた。それまでに一体何人の兵が犠牲になったか！　どれほどの武器や食料を送り込んだか！　それが分からぬと申すか！」

これまでの蝦夷征伐については、朝軍の戦略計画のなさ、兵站のまずさ、そして何よりも蝦夷軍勢のゲリラ戦法に対する朝軍の積極性のなさが原因であった。それを一番よく知っているのは田村麻呂本人であり、京都の公卿にそれを舌戦で理解させようとしても所詮無理な話である。

「今彼らを生きて蝦夷へ帰せば裏切ることは笑止千万。将来に禍根を残さんためにも処刑せよ」

これを聞いて阿弖流為は、

「う、裏切りおったな、田村麻呂！　この恨み、忘れはせんぞ！」

田村麻呂の助命嘆願は敵わず、朝廷は「河内国の杜山」で二人を斬首してしまった。

大和朝廷から見れば彼らは服従もしない抵抗勢力だったかもしれない。とはいえ、この戦いは最初から戦争しか方法がなかったのだろうか。蝦夷勢力から見れば大和朝廷は侵略者である。いやはや何時の時代でも征服者は身勝手なものだ。

第四次蝦夷征伐は、胆沢城、志波城と行動範囲を飛躍的に北上させた後の延暦二十三年、坂上田村麻呂を再び征夷大将軍に任命したところから始まる。今回は阿弖流為を失った蝦夷勢力への後始末的色合いが強いが、このための兵站の準備も大変なものであった。国民の負担は勿論相当に重かったわけで、ここから天下徳政相論が起こることになる。

星子の入内から一年が過ぎた。薬子の役職は東宮宣旨《せんじ》。皇太子に仕える女官というのが名目であり、やがて妃になるであろう星子の世話をするのが大事な仕事。だから自分のほうから安殿親王に近寄ることは絶対にできないが、遠くから眺めることくらいはできる。兎に角、自分の娘を早く親王のもとへ送り込もう、それがすべてであって、他の女房もそうであった。

ところが薬子は違った。薬子と親王は星子の入内の日から法を犯しての逢瀬をずっと続けていたのである。

「薬子、逢いたかったぞ」

「親王様……」

この時代、皇族に恋愛結婚など有り得ないことであった。お互い別な人を抱き、別な人に抱かれても、それが皇室のためとなれば、それでよかったのだ。しかしこの二人は純然たる恋愛である。しかも不倫の……。

「薬子、そなたを后としたい」

「なりませぬ、それは許されぬ定めでございます」

「構わぬ、薬子のためなら……」

二人の過ちは何度となく続いた。そんなある日、

「親王様、星子はすっかり大人になって参りました。そろそろ星子の局に」

「んん、そうか」

安殿親王はあまり気が進まない。そう、親王は本当に薬子との婚姻を考えていたのである。だがそれは一〇〇%許されることではない。それは薬子の方がよく分かっていた。

「明日は私が星子のもとへお連れいたします。いいですね」

「分かった」

薬子はこの一年間で梨壺中をくまなく歩き回り、そのすべてを頭に入れていた。あの公卿は五日置きに自分の局の前を通る、毎日酉の刻にあの廊下を歩けばあの公卿に会える、といった具合に……。勿論こうして安殿親王に関する情報を仕入れると同時に、自分の魅力を男たちに十分に振りまいていた。

これは公卿たちも同様で、彼女の局に如何にして行くかが宮中の公卿たちの関心ごととなった。それというのも薬子は藤原種継の娘という血筋のよさと、三十代でありながら周囲の男どもをうっとりとさせるほどの美貌を備えていたから。また若い公達など一瞬にして虜にしてしまう、所謂熟女がこの梨壺にいる。そう考えただけでも男どもの心は初恋に胸躍らせる若者のようにワクワクとしてくるのであった。

しかし薬子は単に男を惑わす魔性の女かというと、実はそうではない。持前の毛並のよさの上に医術にも長け、才覚が優秀であったので間もなく東宮宣旨になった。安殿親王はこの頃体調不良を訴えることが多く、また生まれながらにしてノイローゼ気味であった。そういう状況下で薬子は親王に優しく寄り添い、懸命に体をいたわっていたのである。

そういう二人が深く結ばれるのは当然の成り行きであったかもしれない。

やがて二人の仲は梨壺中の噂となり、そしてとうとう桓武天皇の知るところとなるのである。

桓武の死

「お前は一体何を考えておるんだ！　薬子は縄主が妻ぞ」

「他人が妻でも構いませぬ。そばに置いておくだけでよろしいではありませぬか！」

「お前にはちゃんとした妃がおる、その妃をないがしろにしてどういうつもりぞ？」

「親王としての仕事もちゃんとしております。どこがいけないのですか？」

「親王としての仕事をしておるから薬子と逢っても構わんと申すのか？」

「それとこれ……」

「お前が即位した時は薬子のために仕事をするのか、日本のためにするのではないのか！」

「……」

以前にも似たようなことがあった。

安殿新王は延暦四年（七八五年）、早良親王の代わりに立太子されたことは前に述べたが、その時、桓武天皇は藤原百川（桓武の右腕）の娘・帯子《たらしこ》を親王の妃に指定する。

「帝、一体何をお考えですか！」

帯子は桓武夫人・藤原旅子の妹である。つまり親王の叔母を妃にするというのである。年齢的に近いとはいえ、許されることではなかった。

「こういうことが許されるとお思いですか？」

「朕が許す」

「な、何と言われます！」

この父子は昔からこういう軋轢《あつれき》があったのだろう。しかし考えてみれば桓武天皇も皇太子時代、父光仁天皇との間に似たようなことがあった。先帝光仁天皇が井上皇后と双六《すごろく》をしている時、もし自分が負けた場合は若い男をやろうと言って壮年男子を賭けたところ、見事に負けてしまった。この時、父光仁帝は何と壮年男子として我が息子を皇后に差出し、山部親王（当時）はいやいやながら井上皇后の所へ通ったという話を読者の皆様は覚えておいでだろう。いやはや千二百年年前とはいえ、この時代は我が息子でさえも賭け事の対象となるのだから、いい男に生まれるのも考えものである。

話は戻るが、藤原帯子は安殿親王の妃となって十年経たずして病死してしまうのである。そして薬子は星子の入内後一年で梨壺を追い出され、宮廷を追放されてしまう。しかしこの一年間で薬子は藤原葛野麻呂《かどのまろ》という公卿と深い関係になっている。

葛野麻呂は藤原北家、藤原小黒麻呂の長男で、延暦十三年に従五位上に進み、安殿親王の春宮亮《とうぐうのすけ》となった。春宮の仕事は親王の子づくりの相談相手。この時安殿親王は二十歳、病気がちとはいえ盛んな年頃、葛野麻呂は当然親王と親しくなっていく。その後延暦十六年には春宮大夫、翌年には右大弁となる。

この梨壺の出世頭に薬子が目をつけないはずがない。彼女は葛野麻呂を通じて親王に関する情報をしっかりと入手していた。

しかし安殿親王はそうとは知らず、自分と薬子との仲を天皇に打ち明けてしまった。天皇の激高は言うに及ばず、薬子は東宮宣旨の職を解かれ東宮を追放、葛野麻呂は延暦十八年三月大宰大弐に任命、左遷された。

人間の運命とは不思議なものである。延暦十八年四月、薬子の夫縄主は従四位下で葛野麻呂に代わって春宮大夫に任ぜられ、左京大夫など四つの役職を兼ねる出世を遂げる。この人事を縄主はどう感じただろう?

ただ安殿新王は縄主に対しては親近感と信頼を抱いたのは間違いなかろう（二十一世紀の我

々と違って)。

こうして薬子に代わって縄主が安殿新王に仕えることになる。彼は誠心誠意親王に尽くしたことは間違いない。延暦二十一年には正四位下へと進む。


ここで話題を変えて天下徳政相論についてお話しよう。

平安京遷都の計画は延暦十一年正月から始まり、その二年後に遷都の詔、それからハード部門の建築と、延々と続いてきたが、度重なる天災地変、疾病、火事、怨霊、それに財政難からなかなか捗らなかった。

それに軍事面では前に述べた蝦夷征伐が国民に大変な負担を強いていた。この造作と軍事という桓武天皇の二大政策がここに来て大きな曲がり角を迎えたのである。

延暦二十四年十二月、この二大政策を巡ってこれの中止を主張する藤原緒嗣《おつぐ》と継続を主張する菅野真道《すがののまみち》とが激しい対立をしていた。

緒嗣は、「今まさに人民の苦しむところは軍事と造作の両方でございます。この二つを止むるならば百姓は安心して農業に勤《いそ》しみます。今やこの事業の労力と費用は既に限界にきております」と、堂々と中止を奏上する。これに対して真道は、天皇の意向を汲んで必死に反論する。

彼は百済系の渡来氏族で昔から天皇の信頼が厚く、当時六十五歳、今でいえば典型的な保守系の抵抗勢力と言えるだろう。一方の藤原緒嗣は藤原式家百川の長男で、当時三十二歳の新進気鋭のエリート公卿である。

この造作と軍事の二つをどうするかが所謂「天下徳政相論」で、今の世で言う事業仕分のようなもの。何と千二百年前も前にこういうことを行っていたのである。

さて天皇の裁定は、「帝、緒嗣の議を善しとす、即ち停廃にしたがう」。

これを聞いて出席していた平安の高官たちはホッとして胸をなでおろしたという。勿論若い緒嗣の意見がそのまま素通りするとはとても思えない。今以上に綿密な根回しがあったに違いない。いやむしろ国民の負担という現実を桓武自身が受け入れ、政策転換を余儀なくされたという方が正しいのではないだろうか?

それにしても平安初期の政治家は偉い！　平成の世の中、訳の分からぬ論争で表向きの数字ばかり縮小しても、別のところで全く名前を変えて一二〇％着ぶくれして生まれ変わるあの事業仕分、あれは一体何だったんだろう?


東宮を追放された薬子はその後どうなったのか?　詳しい資料は一切ないが、想像を逞しくして、彼女は九州の大宰府にいたとしよう。

当時の大宰府は既に条坊制が敷かれた「遠の都」と呼ばれる政庁で、外国に対する日本の表玄関であった。ここの大宰大弐として延暦十八年に葛野麻呂が赴任していたが、大宰府は高級公卿の左遷先であったことも事実である。

桓武帝から追放された薬子は、帝が存命である以上は絶対に都へは帰れない。かつては藤原種継の娘として贅沢三昧の生活をしていた彼女だったが、種継が死んでから生活水準が落ちたとはいえ、雅な宮廷生活を送っていたことに変わりはない。しかし都を追放されたとなれば話は別である。何せ女身ひとつ、百姓などできるわけがない。医術の心得があるとはいってもそれはあくまで公卿相手の高級医療、庶民相手の医者など勿論できない。ええい！なるようになれ！　とはいっても遊女になるほど自分を落としたくはない。結局、今の生活を最低限維持するためには、親しい仲の葛野麻呂の後をついていく。これしか方法がなかった。

しかし、大宰府も住んでみればなかなかよいところである。まず気候がよい。夏は都ほど暑くなく、また冬は雪もそんなに多くは降らない。春と秋には季節を彩る草花が咲き乱れ、特に秋の収穫時には政庁の官僚たちも百姓の手伝いをするのである。これには驚いた。

また大宰府にはある程度自治権が認められていた。自治権には義務が伴う。従って大宰府の人々は自衛をしなければならない。だからであろう、都のように大きな火事、泥棒、殺人などめったに起きない。素晴らしい環境が整っている。そして何にもまして一番良いことは、№1の大宰帥《だざいのそち》が、名前だけで赴任しないことである。ということは、現在大宰大弐である葛野麻呂が実質的な№1であるということ。要するに何をやってもいいのである。さすが「遠の都」。

「麻呂（葛野麻呂）様、今日は鴻臚館の館長にお薬を届けに参ります」

医術に長けた薬子のこと、大宰府政庁や鴻臚館の官僚の健康管理をしていたのである。薬子にとっては職場環境の申し分ない大宰府、一方の官僚たちにとっては三十過ぎとはいえ信じられないような美熟女の医者が現れたということか……。

だがこうした天国のような職場の雰囲気も長くは続かなかった。

延暦二十年、葛野麻呂が遣唐大使に任ぜられた。彼にとっては非常に名誉なことではあるが、何せ千二百年も前のこと、造船技術も航海術も未熟な当時、唐に渡るには、まさに命がけの航海をしなければならなかったのである。

「何故麻呂様が唐になど？」

薬子は涙ながらに誰に訴えるでもなく……。

「そう申すな薬子、これも運命じゃ」

「で、でもあまりにも急で、大宰府に来られてまだ二年と経っておりません」

葛野麻呂は頷きながら、

「しかしこれも、麿にとっては名誉なことぞ。無事に帰りついたら必ず昇進する。命があればの話じゃがな。遣唐使とはそういうものぞ」

「はい」

「もしやこの人事は帝の麿に対する思いやりかもしれん。麿は今から渡唐の準備に入る。出発の日までたっぷり二年はかかる。その間に必ず安殿親王と会うてお前のことは心配ないと言っておく。じゃから麿と連絡だけは取れるようにしておくことを忘れるでないぞ」

「麻呂様、分かりました」

薬子は葛野麻呂の胸に顔を埋めて泣いた。

「薬子、よう聞け。今度麿が日本に帰ってきた時はもう桓武帝の時代ではない。これからは安殿親王の時代ぞ。その時まで安殿親王を離すでないぞ、分かったな」

「分かりました」

二人はしっかりと再会を誓い合った。


延暦二十二年四月、葛野麻呂を大使とする遣唐使船四隻は難波津を出港する。しかし大雨と強風のため遣唐使船は大破し沈没、多数の水死者が出る大惨事となった。葛野麻呂はこの事故を正式に上奏、桓武帝はこの年の遣唐使を断念した。

翌年の延暦二十三年七月、今度は万全の準備を整えた上で肥前国松浦郡田浦を出港。この航海には最澄や空海も含まれていた。

海上で船団はバラバラになるなどの困難の末、八月に唐の福州に到着する。それから陸路を通って十二月にやっと長安に着いた。それから唐の皇帝徳宗と対面するなど約一年ほど唐に滞在し、延暦二十四年、明州を出発。遣唐使船団は海路でまたバラバラになりながらも、葛野麻呂の乗った船は六月に対馬に漂着、七月には帰国を上奏、桓武天皇と対面した葛野麻呂は従三位に昇進した。

こうして平安京に帰ってきた彼は大同元年（八〇六年）、春宮大夫に復帰し、再び安殿親王のそばに仕えることとなる。

「親王様、ただいま戻りました。葛野麻呂でございます」

「んん、葛野麻呂、大儀であった」

安殿親王も信頼する葛野麻呂の復帰は随分と心強かったであろう。

「して薬子は、薬子は今どこにおるのじゃ?」

「親王様、ご安心ください。近いうちに必ずお逢いできまする。今しばらくのご辛抱を」

天下徳政相論で自らけじめをつけた形の桓武天皇であったが、その一番大きな理由は死への予感があったからではないだろうか? あれから僅か三カ月後の延暦二十五年三月、病臥を余儀なくされていた桓武帝は、ついに危篤状態におちいる。前年三月に免罪、帰京を許していた五百枝王《いおえ》を従四位上に復帰、藤原種継暗殺事件に坐した人々の名誉を回復させた。また、よほど怨霊のことが気にかかっていたのだろう、早良親王のために読経をほどこした直後、七十歳で崩御した。

桓武天皇の治世は、長岡京、平安京の造営と遷都、蝦夷征伐、宗教界の統制強化、勘解由使《かげゆし》の設置など様々な政治改革を断行して成果を上げた。最後まで怨霊に悩まされはしたが、人々は、「徳は高く、姿は雅やかで文華を好まず、その威厳は遠くまで届いた」と評した。晩年は天下徳政相論にさらされはしたが、確固たる意志と信念を持って政治を断行したその姿は、今の政治家への無言のメッセージとなることは間違いない。

安殿親王は父の死に大きな衝撃を受け、立ち上がることもできなかったという。

平城天皇（一）

大同元年（八〇六年）五月、安殿親王は第五十一代平城天皇として即位する。この時三十二歳。皇太子には自分の弟賀美能《かみの》親王（後の嵯峨天皇）を立てた。いよいよこの物語の副主人公・平城天皇の治世の始まりである。

平城天皇は即位と同時に薬子の追放を解いて呼び戻したが、この処置には誰も驚かなかった。というのは、前桓武帝は確かに類いまれな天皇であったが、それだけに彼の治世は官僚にとっては恐怖政治でもあった。そう考えると、薬子は政治に手を出したわけでもない、言ってみれば恐怖政治の犠牲者である。

「薬子、逢いたかった。もう離しとうない……」

「御上、御上……」

二人が顔を合わせたのは五年振りだろうか、薬子の艶麗さは全く変わっていなかった。

「今までどうしておった?」

「御上のことを片時も忘れずに、ただそれだけでございます。御上の胸の中で生きてまいりました」

薬子は涙を流しながら、

「ただただ嬉しゅうございます、御上」

「麿も同じぞ」

二人はひしと抱き合い、夢の世界へと入っていった。

薬子はこの五年間大宰府にいた。先帝から都を追放された以上、葛野麻呂を信じるしかない。ここにいれば良いこともある。都からは最新の情報が手に入る。博多に出かければ最新の流行を手にすることもできる。一年中気候もいい。五年ぶりに逢った薬子の艶麗さが全く変わっていなかったのは、きっとこのせいに違いない。

大宰府に赴任してくる者すべてが左遷されたというわけではない。桓武政治を逃れてここへ来た者たちは、大宰府で藤原薬子を見かけたとしても誰も大騒ぎはしない。黙って任期が過ぎるのを待つか、この住みやすい大宰府に骨を埋めるかどちらかである。

平城天皇は即位と同時に薬子をそばにに置いたが、これで御上は薬子の思いのままになると心配する公卿もいれば、これでやっと桓武帝の恐怖政治から解放された、これからは好き勝手やりたい放題できるぞと思う者もたくさんいた。しかしこの思いは一晩で、もろくも崩れ去った。

新帝の人事は、中級官僚の、それも優秀な技能を持つ若手を多数採用するという驚くべき内容であった。更にもう一つ驚いたことに、今までそれこそ名前だけで内裏に座っているだけが仕事の年寄連中を一掃したのである。

「な、何ということ！」

「先帝がおられたら何と言われたことか……」

「我々はもう用無しということか！」

と年寄連中が大挙して大極殿に押しかけたが、徒労に終わった。

しかし平城天皇も大したものである。今で言う衆参両議院の年寄連中を一瞬にして掃除してしまうのだから。千二百年後にもう一度甦っていただけないだろうか、この平成の世に……。

今回の人事では、今まで東宮大夫を務めていた薬子の夫縄主が従三位に昇進し大宰帥《だざいのそち》に任命された。

その晩、縄主は葛野麻呂と酒を飲んでいた。

「麻呂（葛野麻呂）殿、大宰府の件は有難う存じます、助かりました」

「何の何のこれしき、そちの実力じゃ」

縄主は平城天皇の即位に伴い、自分の地位がどうなるのか不安でたまらなかった。東宮大夫には既に新進気鋭の藤原冬嗣がいる、自分は平城天皇の寵姫・薬子の夫とはいえ、二人の仲は既に冷め切っている。こうなると俺も年寄連中と一蓮托生か、と思っていたが、何と大宰帥に栄転したのだ。これにはやはり葛野麻呂の後押しがあったのだろう。

「それより縄主、今は我が国と新羅との関係の方が大変じゃ」

「んん？　というとやはり……」

縄主が外国語に堪能なことは前に述べた。この時代、百済を滅ぼした新羅からは毎年何百人という元百済の難民が日本に押し寄せているという。これを今は対馬や済州島あたりでくい止めているからいいものの、彼らの処置には絶えず頭を悩ませていた。

「ああ、そうじゃ。あれだけの難民を食わしていける国など今の世界にはどこにもない。渤海も唐もそうじゃ。麿は昨年まで唐におったが、唐も安禄山の乱以降、相当に力が落ちておる。あと百年持つかどうか……」

「ほ、本当ですか！」

「本当じゃ、今の日本はもう唐から学ぶものは何もない。縄主！　そちは外国語に堪能じゃ。今、大宰府には優秀な若手官僚が結構おる。仕事の方はそいつらに任せておけばよい。お前は博多へ行って新羅との交渉に当たってくれ。それができるのはお前しかおらん、頼んだぞ」

「分かりました。しかと心得ました」

「んん！」

縄主はグイッと酒を飲み干して、

「麻呂殿……」

葛野麻呂は大きく頷いて、

「分かっておる、案ずるな、薬子のことは任せておけ。我らはどうこういうても所詮薬子がおらんと話にならんからのう」

「そうでございます」

「ハッハッハッ、さあ飲め飲め。しかしお前は酒が強いのう、それで薬子を捕まえたのか？」

「私にはそれしか能がございません」

「ワッハッハッ、そうかそうか……」

二人夜明けまで飲み明かした。しかしこの縄主の栄転を額面通り受け取るものは、おそらく一人もいなかったであろう。ある者は平城天皇が薬子を思うがままにするために、邪魔になった縄主を遥かかなたの九州へ追いやったと思い、またある者は縄主が出世のために妻を利用したと思った。どちらが正しいかは分からないが、藤原氏内部の出世競争は抜きにして、葛野麻呂が彼を大宰帥に推薦したのは、彼が語学力に堪能なことと、外交センスの素晴らしさ、ここに目を付けたのだと思う。


平城天皇は次々と新しい政策を実施していく。

次に勘解由使《かげゆし》を廃止して観察使《かんさつし》を置いた。この観察使は先帝以来の有力公卿が任命され、坂上田村麻呂のような実績も能力も申し分ない者たちが名を連ねることとなった。これにより従来の国司は今までの勘解由使より遥かに力のある者に左右されることになり、不正とは無縁のものとなったと同時に、地方行政と中央政府との風通しはすごぶるよくなった。

しかし、良いこともあれば悪いこともある。

先帝以来の優秀な公卿が観察使として全国に散らばって行った結果、あとに残ったのは平城天皇に従うイエスマン貴族と中下官僚だけになってしまったのである。その結果、すべての命令がワンクッションなく天皇から発せられ、すべての請願が天皇に届くようになった。これは行政のスムーズさという点では百点満点だが、庶民からの評価はどうであったか？

桓武帝の頃は官僚にとってはある意味恐怖政治であり、平城天皇が掃除してしまった年寄連中がまだまだたくさんいた。彼らの所には毎日いろいろな情報が入ってくるが、中には天皇の耳に入れない方が上手くいく情報もある。そういう場合は彼らが防波堤となって事をすり抜けていた。ところが今はどうだろう？

平城帝は即位して間もなく薬子の局へ通うようになった。それもほとんど毎日である。しかしそれは夜に限ってのことであり、昼間は前述の通り素晴らしく勤勉で結果が出ていて申し分ない。このように即位当初は政治に意欲的に取り組み、この他に年中行事の廃止統合、中下官僚の待遇改善や天下徳政相論の再発を鑑みて民力の休養に努めた。夜は兎も角、昼間は真面目に仕事をしているのだから、誰も文句は言えない。

薬子はというと、今までは高級公卿が天皇の周りを囲んでいたので一般女性と同様、局を出ることはまず不可能であった。だが彼らは安殿の即位と共に皆全国へ散らばって行ったので口やかましい者は一人もいなくなった。薬子は梨壺を縦横無尽に歩き回れるようになったのだ。

平城帝も勿論そうである。

「御上、この頃ずっと私の所へ通っていらっしゃいます。たまには星子やほかの妃の所へもお顔をお見せにならないと……」

「分かっておる、薬子だけが女性ではないからのう」

「そうでございます、私はただの女。でもそれでよろしゅうございます」

「ん？　それでは面白くなかろう、朕は薬子のことをずっと考えておるのだ」

「いいえ、それより内裏の回廊を管理する若い者たちは本当によく仕事をします。また中務省の者たちも」

「ん、そうか？」

「はい、お庭も綺麗にお掃除をしております、書も綺麗、何よりもお仕事が真面目でございます」

「薬子が言うことなら間違いなかろう。心しておこう」

薬子は昼間は局にだけ籠っているのではなく、梨壺は勿論目に見える所はすべて頭にたたきこんだ。そして夜はただ単に天皇を夢の世界に誘いながらも、内裏の隅々まで注意を払い、彼女にしか入手できない情報を収集していたのである。

先帝の信頼が厚かった藤原種継の娘という高貴な血筋の者が、普通ならば声を掛けるどころか、顔さえ見ることもできない人が下級役人にやさしく接するだけでなく、その働きぶりが評価に値するのであれば天皇にその報告が行き、天皇はその役人を褒め称え、時には出世させたのである。

宮中に残った年寄連中からの反発は強かったが、真面目に仕事をする中下官僚からは圧倒的な支持を得た。

そういえば遥か先の二十一世紀のヨーロッパでもこういうことがあった。ある国の大統領が三、四人の愛人を抱えていて、これが世間の評判になりマスコミを賑わせた。ところが国民はどう思ったか？

「愛人はいても、ちゃんと仕事さえしてくれればそれでＯＫよ」

平安京の中下官僚たちもそうだ。

「ちゃんと見るところは見てくれて、公平な評価さえしていただければ、夜はどんなに遊びほうけても構いません。薬子様宜しくお願いいたします」

世間の評判もしばらくの間はよかったのであろう。

平城天皇即位後、一年くらい経過した大同二年、薬子は尚侍《ないしのかみ》になっていた。尚侍とは天皇のそば近くに仕えて、臣下が天皇に対して提出する文書を取り次いだり、天皇の命令を臣下に伝える役目をする。その多くは摂関家などの有力家の妻や娘が選任された。古くは藤原房前の娘や藤原仲麻呂の妻が歴任したこの仕事を、薬子がするようになった。准位は従五位。男尊女卑のこの時代、女性が従五位とは大したものである。

以前は薬子は自分の立場というものが不安で仕様がなかった。今の自分は天皇の妃である星子の後見人、所謂一女官にすぎない。星子に娘でもできて二、三年たてば即お払い箱である。ところが今や歴とした尚侍、誰に遠慮することもなく一日中天皇のそばに侍ることとなった。しかもその地位は法的根拠に基づいて。

しかし尚侍を薬子が真面目に務めると、中下官僚にとって非常に都合の悪いことが起き始めた。そう、真面目に働く官僚と天皇との間をつなぐパイプ役がいなくなったのである。

それまで薬子は男性社会の中で咲き乱れる華麗な花そのものであった。下級官僚にとっては週に一度でもその美しい姿を垣間見るだけで仕事にやる気が出る。中級官僚にとっては、そのほれぼれするような立ち居振る舞いや美熟女が醸し出す色気に恍惚となった。この上下をつなぐパイプ役を失ったことに平城天皇は気付かなかった。

「薬子、何を心配しておる?」

「はい、私にもよく分かりませんが、最近何か私たちを見る目が……」

「ハッハハッハッ、そんなことなら何も心配はいらん。案ずるな」

「いいえ、私は御上の身の上に何か……」

実は薬子は今まで力を失っていた年寄連中と、その癒着貴族がだんだんと復活し始めたのが心配でならなかった。彼女自身も貴族出身であるだけに、もし年寄連中と貴族がまた力を出して盛り返して束になってかかってきたら、天皇という地位などあっという間に吹き飛んでしまうことを、彼女はいやというほど知っていたのである。

「御上、お気を付けていただきますように」

「朕の身か？　案ずるな薬子」

二人は今日ばかりは現実の世界に留まっていた。

平城天皇（二）

「御上、お話がございますが宜しゅうございますか？」

「ん、何あろう、言うてみよ薬子」

帝は薬子の方へ向き直った。昼間ではあるが、二人とはいえ天皇と臣下、一応帝は簾をたれている。

「はい、実は『続日本紀』のことでございます」

「続日本紀？」

「はい」

『続日本紀』とは『日本書紀』の続きから桓武帝までの出来事を記した歴史書。奈良時代の終わりに天武系から天智系に皇統が変わった際、天智系、所謂光仁帝、桓武帝の正当性をアピールするために編集されたものである。

「それがどうしたと申すのじゃ？」

薬子の言い分はこうだ。

長岡京造営の最高責任者・藤原種継の記述が桓武帝の時は存在していたのに、今は抜け落ちているのである。これはおかしい、絶対におかしい！　このような大事件を省略できるはずは絶対にない。

「父は長岡京造営に命を懸けておりました。その父が、その父が殺されたのでございます。その父の記述が『続日本紀』にないなんて……御上、私は父が可哀そうでなりません」

薬子は帝の胸に顔をうずめておいおいと泣き出した。

「薬子、分かった、もうよい。朕に任せておけ」

簾はいつのまにか放り投げてあった。

「御上、ありがとうございます」

『続日本紀』から藤原種継の記述は確かに抜け落ちていた。これはおそらく平城帝即位と同時に削除されたのだろう。長岡京は確かに延暦三年（七八四年）から十年間日本の都であったが、当時はまだまだ平城京を捨てきれない公卿がたくさんいた。

長岡京造営の責任者・藤原種継が七八五年に暗殺されたことは先に述べた。主犯の大伴継人、佐伯高成は藤原種継を殺してまでも長岡遷都を実現させたくなかったのである。ところが今は平安京の時代。このまま時代が進むと長岡遷都も歴史の一ページとして残ってしまう。未だに平城京が日本の都と信じている彼らにとっては、長岡遷都の事実が歴史に表れてはまずいのである。それで桓武帝が崩御すると同時に種継の記述を『続日本紀』から除いてしまった。

もう一つの理由は例の仏教勢力である。東大寺を始めとする旧仏教勢力も、もしかするとまた都が奈良に戻って来るかもしれない、そうなると長岡遷都の歴史はやはりないに越したことはないと考えた。

この二つの野望が重なって『続日本紀』の改竄《かいざん》となったのである。しかしこれは歴史書としては明らかに間違いである。

平城帝は薬子の言う通り種継の記述を復活させた。改竄された歴史を元に戻したのだからこれは正しい行為である。しかし、勢いを取り戻してきた年寄連中はそうは取らなかった。

「御上は完全に薬子の魔力に憑りつかれてしまった」

「御上は薬子の色香に惑わされていらっしゃる、困ったもんだ」

二人の間にこういう噂が立ち始めた。

しかし今は大同二年（八〇七年）、未だに平城京が日本の都であると信じている、そういう輩《やから》が果たして本当にいるのだろうか？


どんな天皇でも即位後一年が経つと、その方針が見えてくる。平城帝は先帝桓武と大きく違う点が二つあった。それは軍備縮小と緊縮財政である。このうち、軍備については兵力増強をストップすればそれで事は治まるが、問題は後者である。

彼は名前だけで役に立たない上級官僚を思い切って整理したまではよかったが、その結果彼らの持って行き場がなくなって内裏中にごろごろし出したのである。元々彼らは実力があってその地位についたのではなく、皆親や祖父母の七光りである。リクルート活動などできるはずもない。名前だけの大臣職をバックに、ただただ金を使いまくるだけ。どうしたらいいものやら？

ところがこういう時には必ず助け舟が現れる。それが伊予親王である。

伊予親王は桓武天皇の第三皇子で母は桓武天皇夫人の藤原吉子。兄平城ともこれまで良好な関係を保っていたが、この伊予親王が自分の屋敷を解放して行き場のなくなった上級官僚の面倒を見だしたのである。こうした中、藤原北家の宗成《むねなり》が伊予親王に謀反を勧めているという情報が平城の耳に入ったからたまらない。朝廷が宗成を捕えて尋問したところ、「伊予親王こそ謀反の首謀者である」と白状してしまった。そして、「親王の屋敷に多くの戦力を匿っている」とも。

これを聞いて平城帝は、

「まさか伊予が！　何故じゃ！」

伊予親王と母藤原吉子は逮捕された。

「兄上！　私が謀反など……何故ですか？」

二人は身の潔白を主張したが聞き入れられず、川原寺へ幽閉された。その後、母子は自ら毒を飲んで悲劇的な最後を遂げた。

この事件は桓武帝時代の早良親王の事件と瓜二つである。この後、平城帝は伊予親王の怨霊に悩まされるのだが、ここまで瓜二つとは……。

結局、実力のない無能官僚の後始末は手つかずのままとなってしまった。

勢いを取り戻してきた年寄連中というのは、年齢から言ったら四十代後半から五十代、この時代で言うと十分に年寄りである。彼らはその殆どが桓武天皇に忠誠を誓った人たちで、平城天皇に忠誠を誓ったわけではない。桓武の長男が後継ぎに座っているからおとなしくその場にいるのであって、決して現状に満足しているわけではない。しかもその殆どが大臣職を占め、政治の中枢に居座っているが、彼らは実力的にはゼロである。そういう連中が平城帝にポツポツと反論し出したのである。

もし平成帝が若い頃から先帝のように抜群の技量の持ち主であったなら、これら年寄連中は本当の意味で一掃されただろう。しかし彼はそうではなかった。

「御上、どうなさいました？」

「ん、何でもない」

「でもお顔の色が……」

「案ずるな薬子」

「そうでございますか、では朝議に参りましょう。今日は賀美能《かみの》親王（嵯峨天皇）もご出席されます。御上の立派な仕事ぶりを見せてあげましょう」

「んん！」

平城帝が立ち上がろうとした瞬間、前のめりになってふらついたのである。

「御上、いかがなさいました！　御上！」

薬子は簾を放り投げて帝の体を支えた。

「やはり顔色が悪うございます、ささ、横になられてください」

「どうもいかん、頭が痛むのじゃ」

「今日の朝議は中止にいたしましょう。このお体では無理でございます」

「すまん、そうしてくれ」

薬子は朝議の中止を告げて、また帝の元へ帰ってきた。

「さあ御上、お薬でございます、ゆっくりお休みください。しばらくしてまた参ります」

彼女が腰を上げようとすると、帝は薬子の手をしっかりつかまえて、

「頼む薬子、行かないでくれ、そばにいて欲しいのじゃ」

「御上！　滅相もございませぬ、私のような者をそばに置いてお休みになるなど……」

この時代、女性をそばに置いて天皇が休むなど聞いたこともない。当然薬子は自分の局に帰らねばならない。

「朕が許す。そちが処方した薬なら効目も早いであろう。朕はしばらく休む。目が覚めるまでそばにいて欲しいのじゃ、朕の頼みじゃ、薬子」

薬子はどうすればよいのか勿論分からない、もし宮中の者に知れたら薬子の命はない。しかし天皇の頼みとあれば聞かないわけにはいかない。

「承知致しました、では御上がお目覚めになるまでここに……」

「そうか、すまぬ」

平城天皇は薬子の手をしっかりと握りしめたまま、すやすやと眠り始めた。天皇の寝顔を、垣間見るのではなく、間近に見た女官というのは、恐らく薬子が日本で初めてではないだろうか？　それも長時間にわたって。

この時以来、平城帝は薬子と一緒にいる時間が長くなった、昼も夜も……。

そして世間では、薬子があたかも自分が天皇であるかのように政治に口を出しているという噂が立ち始めた。しかしこの噂は全くのデタラメである。

確かに梨壺に局を構えた頃はムンムンとした熟女の色気で男どもを虜にした、肉体関係も結んだ。読者の皆様は薬子を男狂いの痴女と思われるかもしれない。しかし今は平安時代初期である。源平合戦期の常盤御前を思い出していただきたい。彼女は平治の乱で夫源義朝と死別したあと不倶戴天の敵・平清盛に見初められ一女子をもうけている。それもこれも常盤が絶世の美女であったればこそ、清盛が彼女の美しさにコロリと参ってしまったからにほかならない。つまり男女の関係になるということは、当時の女性にしてみれば、生きてゆくための一つの手段なのである。だから薬子にしてみれば平城天皇という日本一の玉の輿を手に入れた、ただそれだけのことなのだ。その玉の輿が病気なので、自分が持っている医術のすべてを駆使して天皇の病気を懸命に治そうと努力しているだけなのである。そうすることが種継が殺されて以来振るわなくなった藤原式家を再興させる唯一の手段であれば、誰だってそうするのではないか。そのために天皇のそばに居る時間が当然長くなる。

しかし、薬子の意に反してこういう根も葉もない噂はますます広がっていく。その出所は勿論いつもの年寄連中なのだ。

「薬子がまた御上を離さんのか、困ったもんだ」

「完全に薬子の虜になってしまわれた、何とかせねば」

大同三年になると、勤めを終えた観察使がぞくぞくと帰京した。平城天皇は自分が創設したこの観察使の処遇を見誤っていた。というのは、彼は観察使を置く代わりに、それまで出世の登竜門だった参議を廃止してしまったからだ。薬子の夫縄主が参議に昇格して大喜びしていたことを読者の皆様も覚えておいでであろう。この参議がなくなったのである。これは二年の任期を終えて帰京した優秀な公卿たちにとってみれば、

「冗談じゃない！　俺たちは何のためにこの激務に耐えてきたんだ？」

「これから先、俺たちはどうすればいいんだ?」

「俺たちは使い捨てだったのか!」

「御上は一体何をお考えなのだ!」

宮中は今最も脂の乗り切っている、仕事のできる公卿たちの不満で爆発寸前になってしまった。勤めを終えて帰京した彼らには、その後の彼らに相応しい地位や報酬がなかったのである。天皇は働き盛りの彼らの猛反発を招いてしまった。

こんな時によき相談相手となっていたのが例の藤原葛野麻呂であったが、彼はこの時東海道観察使として赴任していて不在であった。平城帝はまさに打つ手なし、自分が創設した観察使によってこれほど苦しめられるとは思ってもみなかった。

天皇が支配権を行使するためには、その実力基盤と権力機構(メカニズム)が不可欠である。この実力基盤を支えているのが藤原氏を中心とする公卿であり、権力機構が律令制度である。

先帝桓武が二度にわたる遷都を人々に経験させ、また東北征伐という苦しい戦争を遂行させても類いまれな天皇と評価が高いのは、実はこの二つを実に上手く使い分けたからにほかならない。もし桓武帝時代に藤原氏がソッポを向いたとしたらどうなったかはお分かりであろう。

平城帝ははっきり言って天皇という地位を甘く見ていた。自分は№1である、自分に逆らう者は許さない、自分の権威が敵を簡単に叩き潰すと思っていた。しかし、現実はそうではなかった。反天皇派でも時には自分に賛成することもある。腹心の部下でも時には身を挺して反対することもある。ところが、彼は反対勢力のすべてを自分の周りから追い出したそのしわ寄せが、今まさに自分に降りかかってきたのである。


「御上、どうなさいました？　まだ頭が痛みますか？」

「いや、今日は大丈夫じゃ」

「そうですか、それはようございました。本当に心配いたしましました」

「んん、そちの調合した薬のおかげじゃ、礼を言うぞ」

「と、とんでもないことでございます」

薬子は頭を下げたままである。

「頭を上げよ、薬子」

「はい」

薬子はゆっくりと頭を上げて簾の向こうを見据えた。

「今日はすごぶる天気もよい、どうだ、朝議の後、春日野へでも出かけてみようと思う。さぞ気持ちもよかろう」

「まあ、それは宜しゅうございます。ご出席の皆様もお喜びでしょう」

「んん、それで薬子、そちに頼みがあるのじゃ」

「はい、何なりと……」

「んん、実はそちにも付いてきて欲しいのじゃ」

「はい、どこへでございましょう？」

薬子はこの二年間で内裏のことはすべて頭に入っていた。公卿の誰よりも。

「勿論、春日野へじゃ」

「えっ！」

薬子はビックリ仰天！

「か、春日野！」

平城帝はとうとう内裏の中だけではなく、平安京を出て私的な散歩にまで薬子を同席するようになったのである。

春日野というのは平城京時代、公卿たちがよく散歩に出かけた所で、昔が懐かしくなったのだろう。そう言えば平城帝が幼少の頃、よく薬子に手を引いてもらい遊びに出た所である。しかしそれはあくまで平城帝の幼少時代。今は第五十一代平城天皇の時代である。天皇と皇后が一緒に春日野を散歩をするなど考えられないことだ。ましてや薬子は尚侍とはいえ単なる一女官である。

「御上、ご冗談を……」

顔は笑っているが目は笑っていない。しかし平城帝は本気である。

「なあに案ずるな、朕が許す」

「……」

「朝議が終わったら直ぐに出かけるとしよう。大きな牛車を用意させよ、分かったな薬子」

これを聞いて多紀（第一章の話し手、薬子の牛車の係）もビックリ仰天。

「御上は薬子様をどうするおつもりなのでしょう？」

とうとうプライベートのみならずパブリックな時間も薬子と一緒に過ごすようになってしまったのか？

藤原仲成

平城天皇はだんだん皆の前に姿を現さなくなった。ある時は病に臥せっていることもあり、またある時は薬子と一日中一緒の時もある。天皇にとっては薬子と一緒にいることが唯一の精神的な慰めとなったのだろう。

郵 便 は が き

料金受取人払郵便

博多北局
承認

5159

差出有効期間
平成30年5月
31日まで
(切手不要)

812-8790

158

福岡市博多区
奈良屋町13番4号

海鳥社営業部 行

通信欄

通信用カード

このはがきを，小社への通信または小社刊行書のご注文にご利用下さい。今後，新刊などのご案内をさせていただきます。ご記入いただいた個人情報は，ご注文をいただいた書籍の発送，お支払いの確認などのご連絡及び小社の新刊案内をお送りするために利用し，その目的以外での利用はいたしません。

新刊案内を［希望する　希望しない］

〒　　　　　　☎　（　　）

ご住所

ご氏名《フリガナ》　（　　歳）

お買い上げの書店名	情炎の女 薬子

関心をお持ちの分野

歴史，民俗，文学，教育，思想，旅行，自然，その他（　　　）

ご意見，ご感想

購入申込欄

小社出版物は全国の書店、ネット書店で購入できます。トーハン，日販，大阪屋，または地方・小出版流通センターの取扱書ということで最寄りの書店にご注文下さい。なお、本状にて小社宛にご注文下さると、郵便振替用紙同封の上直送いたします。送料無料。なお小社ホームページでもご注文できます。http://www.kaichosha-f.co.jp

書名		冊
書名		冊

ある日侍従が、

「御上は如何にしておられますか?」

と薬子に聞くと、

「私にもはっきりとは……、良い時もあれば……、兎に角、私がそばにおりますので心配には及びません、何かございましたら直ぐにお知らせいたします」

しかし、そういうわけにはいかない。周りは不満タラタラの職なし男でいっぱい、また年寄連中は、

「御上はもう完全にご病気だ、薬子という魔物に憑りつかれておられる」

「そうじゃ、こうなった以上我らの手で何とかせねばならぬ」

「しかしこれからどうすればいいものか?」

「ま、まさか譲位されるのでは?」

「ば、馬鹿なことを申すでない! 譲位などと」

「申し訳ございません」

「んん、しかしこうなったのもみんなあの薬子のせいじゃ」

「あの魔性の女!」

年寄連中の根も葉もない噂話はますます広がっていった、今や大内裏中に……。

平城帝と薬子に代わって矢面に立ったのが、薬子の兄・藤原仲成である。

藤原仲成は薬子より二歳年上の兄で、藤原式家の長男である。第一章で度々登場したが、四十代になった今でも品格や政治家としての実力は若干の疑問符が付いて回った。彼は最初のうちは何をするにしても「帝の寵姫薬子の兄」と見られる風評を嫌っていたが、そのうちこれに慣れてきたのだろう。むしろ、「薬子の兄のすることだ、何が悪い？」。そういう気持ちになってきた。その仲成が伊予親王の変を利用したのである。

伊予親王の事件の後、相変わらず不満タラタラの職なし男と、勤めを終えた元観察使の職なし男たちを、今度は彼が中央の官位に就け始めた。一体どういうことなのだろう？

実は仲成は自室にこもりがちになっている平城帝に働きかけて彼らに職を紹介したのである。これは職なし男にしてみれば、まさに渡りに船、しかも職場は人も羨む中央官庁。彼らにしてみれば、

「素晴らしい、有難うございます、仲成様」

「仲成様、礼を申し上げます」

「これ、仲成様はどこへ行かれた？」

「仲成様」「仲成様」

また相変わらずの年寄連中までが、

「仲成殿、ご機嫌麗しゅうござる」

「仲成殿、御上の具合は如何であろうか？　薬子殿はどう申しておられる？」

「薬子殿の医術はなかなかのものでござるな」

「仲成殿」「仲成殿」

全く彼らの変わり身の早さはたいしたものだ。ほんの二、三カ月前までは、大酒飲みだの、欲深だの、親族の序列は無視する馬鹿者だの、好き勝手、言いたい放題だったのが、この変わりよう、周りの人たちも呆れてものも言えぬに違いない。

美辞賞賛を受ける仲成が立派な政治家とまではいかなくても、普通の政治家であったなら、この物語もここで終わっていたかもしれない、ハッピーエンドで。しかし現実はそうではなかった。彼は欲深で酒の勢いに任せて行動することが多かった。親族の序列を無視し、思い上がりもはなはだしかった。

そんな仲成がだんだん本性を現してきたのである。

ある日、仲成は自分が職に就けてやった（と自分ではそう思っている）仲間たちと双六に興じていた。

「さすが仲成様、また一番でござる」

「仲成様は昔から双六が得意でござるなあ」

「よし、もう一度勝負を頼もう、如何でござるか？」

そう言われて仲成は、

「そちたちが望むとあらば何度でも」

こういう調子でいつも勝負事が行われていた、仲成が勝つように。そして十回目の双六の最後の時。十回目となるとさすがに仲間たちも嫌気がさしてくる。他人に勝たせるのも結構疲れるものだ。橘小瀬《たちばなのこせ》という双六が得意な徴税長が、つい気を抜いて本気で賽子《さいころ》を振ったがために、仲成より先に双六の頂点に上がってしまった。

小瀬は内心、

「しまった！　いくら仲成様相手とはいえ、つい本気で……」

他の二人も同じである。

「小瀬殿、何という失態を……」

しかしもう遅い。仲成の方を見ると顔を真っ赤にして歯ぎしりをし、ブルブル震えて今にも摑みかからんばかりの形相である。

そしてそれは遂に爆発した。彼は双六表をビリビリと引き破り、賽子《さいころ》を投げ捨て、茶飲み茶碗を粉々に叩き割って部屋を出て行った。残った三人は、ひと言も言葉を交わすことなく、その場にじっと座ったまま。

十分くらい経っただろうか、三人にとっては一時間くらいに思えた。しかしこのまま黙って座っているわけにもいかない。橘小瀬が堪らず、

「二人とも、す、すまん」

ふと周りを見ると茶碗のかけらは部屋いっぱいに散らばり、破られた双六表は風に吹かれてヒラヒラと庭に……。

「本当にすまん、この通りじゃ」

正五位の小瀬が下五位の二人に頭を下げている。これは律令制度から言うと、たとえ遊びとはいえ考えられないことだ、そう遊びとはいえ……。

「こ、小瀬殿、頭をお上げくだされ、何もそんな、我らに対して、ささ……」

小瀬は下を向いたまま涙を流している。無理もない。関東準観察使を勤め上げた後帰京して半年間、職なしの自分を徴税長に抜擢してくれたのは、欲深で酒飲みで、思い上がりもはなはだしいとはいえ、間接的にはあの怒りっぽい仲成である。

小瀬は静かな口調で、

「わしが徴税長になった時、家族の喜びようといったらそれはもう言葉にならなかった。僅

か三カ月という短い期間ではあったが、お前たちと一緒に仕事ができて楽しかった、礼を言うぞ」

他の二人もさめざめと涙を流している。

「わしの願いはただ一つ、わしの免職がそちたちに波及せんことじゃ。それだけを願っておる」

「小瀬殿……」

三人はしっかり手を握り合って、

「ああ、このような時にあの薬子様が我らのそばにおられたなら……」

「ああ、あの薬子様が……」

二人もそう思った。

薬子は伊予親王の事件の直後、正五位から従三位になっていた。従三位といえばもう歴とした公卿である。一般貴族ではない、天皇と直接対峙できる。

小瀬は最後に、

「内裏のお偉い方々は薬子様のことをいろいろと噂される。男狂いだの、魔性の女だのと。しかし、わしは決してそうは思わぬ。あの方が梨壺に来られた頃は、それはそれは美しかった。お顔は言うまでもない。その姿、立ち居振る舞い、青空に囀《さえず》る雲雀《ひばり》のような綺麗なお声、もうすべてが美しかった。今でも全く変わらんと思う。いやもっとお美しいやも……。

それだけではない。あの方はわしら中下級貴族の願いを全部聞いてくださった。あの頃は仕事は確かにきつかったがやり甲斐があった。薬子様は当時皇太子であられた御上の病気を治そうと一生懸命じゃった。ある日薬子様が我らの所へ来られて、『そなたたちにお願いがあります。桂川の源流の聖水を取ってきて欲しいのです。皇子にそのきれいな水を差し上げたら、皇子の病気もきっと治るはず。お金はどれだけ掛かっても構いませぬ。頼みますぞ』と言われた。わしらは金のことなど考えもしなかった。何せ皇子がお飲みなる聖水じゃ、命を懸けてでもお持ちせねば、のう」

二人は当然の如く頷いた。

「そしてその日の戌の刻に薬子様の所へお持ちしたら、『そなたたち、大儀であった。これを取りなさい、また頼みますぞ』と言って小さな包みを頂いた。その中にはわしらにとってはビックリするほどの報酬が入っておった。聖水とはいえ、ほんの僅かな水のためにこれほどの……。わしらはそれから一生懸命に働いた。暮らしもだんだんようなっていった。それもこれも皆薬子様のおかげじゃ。その薬子様が今はもうわしらの手の届かぬところへ行ってしまわれた」

他の二人も同じ思いであった。

「あの頃、わしらは夢を見ていたのかもしれんなあ……。だがわしは思うのじゃが、あの方は世間で言われておるような悪いお方では決してない。お二人とも、これから大変じゃろうが元気で頑張ってくだされ。わしのように馬鹿げた本気は絶対に出さぬように！」

「小瀬殿！」

「小瀬殿！」

三人ともこれ以上言葉はなく、ただ涙、涙であった。

橘小瀬は翌日平安京を後にした。それから二度と姿を見せることはなかった。


大同四年（八〇九年）四月、平城天皇は急に高熱におそわれた。元々体が丈夫ではない上に昔から早良親王の怨霊や度重なる天災地変に悩まされてきたお方、今更熱が出たからといって大騒ぎすることもないのだが、何せ相手が天皇である。やはり何かあっては大変だ。

平城帝は現在三十五歳、即位して四年目の春、この年頃のサラリーマンには二つのタイプがある。一つは、課長代理のポストにも慣れてきて、そろそろ自分というカラーをアピールしてみようとするタイプ。今までは先輩の仕事を参考にしてきたが、今度は自分でやってみようとやる気満々に燃えている。殆どのサラリーマンはこのタイプだが、数少ないもう一つのタイプがある。三年前は理想に燃えてスタートしたまではよかったが、あまりにも厳しい現実にぶち当たり、自分の理論が全く通用せず部下には見放され、思い通りにはならず、だんだん自信を失っていくタイプ。今の平城帝は仕事の上ではまさに後者のタイプ。すべてが自分の思い通りにならないのである。

体の方は、専門の医者に診てもらうとやはり風邪ということ。

「安静にしていれば、一週間位で治ります」

薬子は一日中平城帝のそばにいるので、はっきりと分かっていた。

（帝は仕事面と精神面と両方に相当参っておられる。特に伊予親王の怨霊には……、このままでは天皇としてのお仕事は無理なのでは……）

彼女は絶対に口に出してはいけないことを考えていた。そう、譲位である。しかしこれは彼女の方からは絶対に言ってはならない。尚侍とはいえ、従三位とはいえ、単なる一女官である。いつもの年寄連中からすれば、彼らは薬子のことを天皇の愛人の一人としてしか見ていない。しかしこのまま放っておけば御上の体はますます悪くなっていく。だが天皇に譲位されると自分はどうなるのだろう？　今度こそ一人寂しく去っていかなければならない。今はもう何処へも行く当てがない、そう思うと譲位は思い止まって欲しい。勿論、兄仲成も同じ気持ちである。しかし……。

（父上、私はどうすればいいのですか？　教えてください、父上！）

平城帝は静かに目を開けた。

「御上、目が覚められましたか」

「んん」

「熱もだいぶ下がりました、もう大丈夫です」

「しかし無理はできぬ。またいつぶり返すやもしれん、麿一人の体ではないからのう」

この言葉を聞いて薬子は急に平城帝がいじらしくなった。

（こんなに体が弱っているのにまだ天皇としてのお仕事が大事なのですか？　何故？　このままだと死んでしまいますよ！　もういいです、お辞めください、譲位してください、私はどうなっても構いません！）

彼女はやっと今気が付いた。自分はこれほどまでに御上を愛していたのか、もう御上のそばを離れられない、一生そばにいて病気を治してさしあげよう……でもそれは叶わぬこと、こうなったら自分の命を懸けてでも譲位をお勧めしよう、と。

それからしばらくして帝は静かに彼女の名を呼んだ。

「薬子……」

「は、はい」

「薬子、近う寄れ」

「はい」

彼女は帝の枕元まで近づいた。

帝は静かに語り始めた。

「朕は譲位をしようと思うておる」

薬子は驚かなかった。むしろ嬉しかった。

（御上が、愛する人が元気になるかもしれない、いいえ、きっと元気になられる。御上と別れるのは死ぬことよりもつらいけれど、自分は陰ながら応援していこう。御上、長い間ありがとうございました）

「それでそちに頼みがあるのじゃ」

「はい？」

帝は薬子の手を握って、

「薬子、朕についてきて欲しいのじゃ、そちがそばにいてくれたら病気も早う治る」

「えっ！」

驚いた。御上は頭がおかしくなってしまわれたのか？　そんなことができるはずがない。

「いけません、いけません、それはできません！　御上はこれから上皇になられるお方です」

「いや構わぬ、朕はまだ天皇じゃ。朕が許す！」

薬子は困った。どうすればいいのか？　上皇になられたら今までとは全く違う仕事が待っている。もう自分の出る幕はない。それにいつもの年寄連中がなんと言うか容易に想像がつく。自分などどうなってもよいが、御上は天皇である、日本国の天皇である。

どれだけ時間が経過しただろうか？　薬子は死を覚悟で切り出した。

「御上、お願いがございます」

一人の女官が天皇に頼みごとをするなど死に値する行為だが、薬子は最後にこれだけは言っておきたかった。

「言うてみよ」

「はい、御上は私に兄がいることをご存じと思います」

「仲成のことか？」

「はい」

「それがいかが致した？」

「はい」

薬子は小さくため息をついた。

「兄は今式部省で人事を担当しております」

「んん」

「実は、御上が譲位なさいますと同時に、兄の異動をお願いいたしたく存じます」

「仲成の異動をと」

「はい、実は恥ずかしながら兄は昔から気が短く、欲深で……、その、私どもの手に負えない所がございます、最近も公達との間でちょっとしたもめ事を……」

帝はじっと聞いている。

「御上が譲位されました後は私はもう、兄が何をやらかすやら心配で心配で……御上、ご無理は承知で申し上げます。兄を東北か北陸かどこでも構いません、できるだけ遠くへ遣って頂きたいのです。少しでも世の中というものを知らしめてやらないと……」

帝はニコリと笑みを浮かべ、

「そちは何という兄想いの妹じゃ、亡くなった種継も極楽浄土で喜んでおろう、よう分かった。朕に任せておけ」

平城帝は薬子の手を握りしめたまま再び深い眠りについた。

(自分はどんなに嫌われても、傷ついても、魔性の女と言われてもいい、上皇をお守りすることができたらそれでいい。薬子は我が命を懸けて上皇様をお守りいたします)

大同四年四月、平城天皇退位。

第三章

再び奈良へ

嵯峨天皇

平城天皇の後は弟賀美能《かみの》親王が第五十二代天皇として即位した。嵯峨天皇である。時に二十四歳、彼は幼い頃から鋭敏で天子としての器量があり、経書や史書などを好んで博覧したという。その中でも書道は、空海、橘逸勢《はやなり》と並んで三筆の一人である。

彼は即位と同時に平城天皇の息子高岳《たかおか》親王を皇太子とした。これは実兄、平城帝が病気が原因で僅か三年で天皇の座を自分に譲ったその申し訳なさも幾分あったのだろう。そして新たに蔵人頭《くろうどのとう》という役職を設置した。これは尚侍と同じく天皇の言葉を臣下に、臣下の動向を天皇に伝える仕事で、従来は藤原氏などの有力公卿の女官が務めていたが、これを男性のみの役職とした。

（全く関係ない話で恐縮だが、天皇の声を伝える役目はやはり女性の方が筆者としては良いと思うのだが……。女性特有の優しい声でワンクッション置いた方が気持が良いと思う）

嵯峨天皇はやはり薬子を警戒していたのだろう、これで彼女を遠ざけることができた。

しかし当の薬子はというと、全くそういうことは考えてもいなかった。彼女の頭の中は上皇の病気を完治させることでいっぱいだったのである。

「上皇様、顔色もだいぶよくなられました。季節も皐月（五月）で気持ちがよろしゅうございます」

「んん、そうじゃな、磨も熱はすっかり冷めた。そちのおかげじゃ」

「上皇様、とんでもないことでございます」

上皇が退位してまだ一カ月しか経っていないが、天皇という地位からくるプレッシャーは計り知れないものがある。それが僅かこの一カ月でなくなってしまった。気分がよくなるのも当然である。

「薬子、磨は今年中に奈良へ移ろうと思うておる」

「え！　奈良へ……」

薬子はもう一年以上前になるが、上皇が急に春日野へ出かけてみたいと言って無理やり自分を同行させたことを思い出した。あの時は大きな牛車に二人で一緒に乗って上皇は実に楽しそうであったが、当の薬子はというと、もうそれこそ死ぬ思いであった。いくら「朕が許す」とは言っても、もし周りの者に知られでもしたら……。でもその反面、日本中の女性の中で誰ひとり経験できないことを自分は今やっているんだという思いもあって、結構楽しかったことも事実である。

「奈良へなどと、また何故でございますか?」

「そちはいやなのか?」

「いいえ、私は上皇の行かれる所であれば何処へでも参ります」

「そうか、付いてきてくれるのじゃな?」

「はい」

それから上皇はゆっくりと話し出した。

「奈良は勿論麿の故郷であるが、それにもましてこの京都よりも気候がよいのが一番じゃ。麿はそちも知っての通りこの体じゃ。じゃが奈良で暮らせば病気も治る。勿論そちという立派な医者がおってのことじゃ」

「いいえ、ご冗談を」

「冗談ではない、本気でそう思うておる。それに麿はもう天皇ではない。だから無理して平安京に住む必要もない。後のことは弟に任せて余生を住み慣れた奈良で暮らしていこうと思うておる」

上皇の言うことも一理ある。確かに自分はもう天皇ではない、これからは勝手気ままな人生を送っても構わないわけである。また京都庶民は平城天皇を帝位を投げ出して愛人にうつつをぬかす暗愚な天子だと思っている。そういう人たちがたくさんいる京都にはもう住みたくない。こういう上皇の気持ちを薬子は誰よりも分かっていた。

薬子にしても今の気持ちは上皇と一緒である。自分は平城天皇の即位と同時に天皇のそばに呼び戻された。父親の死が原因で身に付けた医術でもって天皇を虜にすることができた。それからは女性の身でありながら出世をし、天皇と同じ目線で世の中を眺めることができる自分が楽しくて仕様がなかった。

しかし、平安京の公卿たちは彼女が感じる楽しさが倍加すればするほど、彼女を天皇を抱き込む魔性の女と見るようになった。そしてそれは今や内裏を飛び越えて平安京全体にまで広がる勢いであった。

(自分は御上の病気を治したい一心でこんなに尽くしているのに、何故？　何故私が魔性の女なの？　私には分からない)

一年、二年、三年と経つうちに、薬子はやっと気がついた。自分がどんなに御上を愛していたのかを……。しかしそれは決して許されることではなかった。

だがもう遅い、もはや上皇と別れては生きていけない。

「上皇様、私も残りの人生をすべて上皇様に捧げます。どうか私をおそばにおいてくださいますよう、お願い致します」

「無論じゃ」
二人は暖かい皐月の日差しの中でひしと抱き合ったまま、これからの人生を語り合った。

さて嵯峨天皇は令外官として蔵人頭の他に、検非違使なるものを設置した。これについて少し説明をしよう。

嵯峨天皇が即位した大同四年（八〇九年）の京都は、遷都からまだ十五年しか経っていなかった。勿論インフラ整備は急ピッチで進んでいるが、何せ今から千二百年も前のこと。京都御所と呼ばれる建物や有力公卿の邸宅などがやっと完成した程度、周りを見回すと建築中の橋や建物、道路などでごった返していた。このように平安京は日本の首都として一日も休むことなく発展していたのである。

しかし、この成長に苦痛が伴うのは致し方ないこと。この中にスリ、強盗、放火などを働く輩も出てきた。こういった者たちの間でトラブルが発生し、そのうちの何件かは殺人事件へと発展していった。

この状況を日本政府（平安京）が放っておいたのでは平安京の発展はあり得ない。そう、誰も治安の悪い危険な場所へは行きたがらないから。

そこで、嵯峨天皇は一大決心をした。京の治安を守る組織を作ろう。こうしてできたのが検非違使である。これによって、逮捕権を持った警察が直接事件の現場へ踏み込んでいけるようにしたのである。

嵯峨天皇はこのほかにもいろいろなニュープランを創造していく。冴えわたる若い頭脳の持ち主、二十四歳の若き天皇ここにあり、と言ったところか。

嵯峨天皇はまたあちらの方でも大変な精力の持ち主だったようで、この点は父桓武帝から直接受け継いだようだ。何しろ三十人以上の后妃、側室を相手に五十人以上のお子様をおつくりになったそうで……。後にこれが財政を圧迫するということで、源などの姓を与えて臣籍降下させている。

こういった例は嵯峨帝のほかに、父の桓武帝（第五十代）、清和帝（第五十六代）、醍醐帝（第六十代）、時代が下って江戸時代の後水尾帝（第一〇八代）などがいる。子供をつくり過ぎて生活が苦しくなるとことは一昔前ではよくある話だったが、天皇が子供をつくり過ぎて皇室の財政を圧迫するので、国策として臣籍降下を施すなんてことが実際にあったわけである。この時代の天皇は幸せだったというべきか。

平城上皇は奈良へ移るまでの間、地方政治の実情調査の名目で北陸へ遣っていた薬子の兄・仲成を北陸から呼び戻し、嵯峨天皇の監視をするように命令した。これは、尚侍が男子のみの職となったことで、天皇との距離が遠くなったことに対する防衛策である。

上皇は、退位したとはいえ一度トップの座に就いた者の性《さが》と言うべきか、やはり現天皇の動きが気になるのである。しかし、平城帝の退位によって、女の身でありながら今までの輝かしい官位を失い、単なる一女官となった薬子は、そういうことは全くなかった。

「上皇様、お引越の準備もすっかり整いました。もういつでもご出発できます」

「んん、薬子、大儀であった」

「お付きの者も皆喜んでおります。私も奈良は大好きでございます」

薬子は満面に笑みを浮かべて、

「私は、奈良に着きましたら、まず一番に上皇様のお部屋を綺麗に整えます。ごゆっくりなさいますように、ご病気はすぐに治ります、きっと！」

「んん、そうじゃな」

「はい、それから」

「それから?」

上皇も楽しそうである。

「はい、二番目に私は父のお墓参りを致したいのです、何卒お許しを」

「種継の墓参りか」

上皇は少し驚いた様子ではあったが、すぐに落ち着きを取り戻して、薬子の顔をじっと見つめた。

「私は平安京を追放されている間、実は藤原葛野麻呂様の伝手《つて》で大宰府へ行っておりました。それから五年間と今日まで一度も父のお墓に出向いてはおりません」

「そうであったな」

「はい、それでこうして元気な姿を父に見せたくて、それもこれも皆上皇様のおかげでございますと報告を致しとう存じます」

「そうであったか……そちが平安京を追放されたのも、もとはと言えば麿がそちとの仲を父に認めさせようとしたことに原因があるやもしれん。薬子よ、許せ、この通りじゃ」

上皇は薬子の両手を握りしめた。もう天皇ではないので簾はない。しかし頭だけは相変わらず下げない。

「いいえ、とんでもないことでございます。私は本当に嬉しゅうございます。こうして上皇様とまた一緒に奈良へ帰れるのです。父もあの世で喜んでおります」

薬子は喜びの涙を流した。上皇は彼女をしっかりと抱きしめた。二人は奈良に落ち着いた後のプレッシャーから解放された楽しい新生活を語り合った。

（上皇は今で言うサラリーマン特有のうつ状態であることは想像がつくと思う。今まで述べてきた多くのことが短い期間に重なって起きてしまったことが原因なのだが、実は筆者もサラリーマン時代にうつ病に悩まされたことがある。自分としては、退職とか長期休暇とかは取らずに地道に治療を続け、完治するのに半年くらい要したことを覚えている。その代わり出世と昇格は完全になくなったが……。だから平城上皇の気持ちは手に取るように分かる）

平城上皇は大同四年十二月に旧都奈良に移り住んだ。平城天皇や平城上皇の呼び名はこの時、平城京に移り住んだことに由来する。

京都では新都としてのインフラ整備が急ピッチで進んでいるが、奈良から長岡を経て京都へと、都の機能がに移ってまだ二十五年、都市としての設備はまだまだ奈良の方が勝っていた。

「上皇様、大内裏が見えて参りました。朱雀門も昔のままでございます」

「んん、相変わらず大きいのう」

「お付きの者も皆出て参りました。皆元気で祝福しております」

「おう、皆の者、面を上げよ」

「上皇様」「上皇様お待ちしておりました」

皆歓喜の声をあげている。この歓声は何年振りだろうか？

皆喜んではいるが、実をいうと奈良の経済力の落ち込みはひどかった。所謂ハード面はまだ京都に勝ってはいるものの、ソフト面は天皇を失ってからというもの、もうどうしようもなかった。その理由は簡単である。

そう、徴税機能が天皇と共に京都へ移ってしまったからである。上皇の奈良行きに際して嵯峨帝は若干の支出を施した。退位したとはいえ仮にも前天皇である。せめて住まいくらいは立派に整えてやりたい。若干とはいってもかなりの額ではあるが、しかしそれもいずれは底をつくだろう。それまでに何とかしなければならない。そう考えたのは北陸から呼び戻された薬子の兄・藤原仲成である。

彼は薬子が上皇に懇願して遠く北陸の地方政治調査使の仕事をさせられていたが、僅か七カ月で呼び戻され、一緒に奈良へ同行を求められた。別の見方をすると、上皇の依頼を快諾する公卿は、この時点ではもう仲成くらいしかいなかったのである。この七カ月の間で彼の人間性なり、性格なりは大きく変わっただろうか。

いずれにしても、平城上皇の転治療法と言うか、奈良での新生活がスタートした。

これで旧都奈良に平城上皇と、藤原薬子、そして藤原仲成の三人が出揃った。いよいよ「薬子の変」が始まる。

今の仲成

「上皇様、今日はすごぶるお天気がようございます、久しぶりにまた春日野へでもお散歩に行かれてはいかかでしょうか？」

「おう、それはいい考えじゃ。春日野か……そういえば昨年そちと一緒に出掛けて以来じゃな」

「はい、早速お車の準備をいたします」

奈良へ移ってそろそろ四カ月、まさに春真っ盛りの卯月（四月）、幼い頃からよく遊んだ広い春日野と聞いて、少年の頃から大好きだった蹴鞠でもやりたくなったのだろう。

「薬子、周りの者を五人ほど連れて参れ。それも蹴鞠の得意な輩をな」

「まあ、それはよろしゅうございます、上皇様は昔から蹴鞠がお得意でございました。是非お楽しみくださいませ」

「んん、久しぶりに麿の腕前を皆の者に見せてやろうぞ、ハッハッハ」

上皇は最近はよく笑顔を見せる。皆もそう感じている。すっかり体の具合もよくなったのだろう。もう、うつ病の気配など微塵も感じられない。やはり天皇というプレッシャーから解放されて、心ウキウキ、体もウキウキである。

また奈良へ移ったという転地療養も功を奏した。もう大丈夫、いつでも政治の世界にカムバックできる。今はその千載一遇のチャンスを心密かに待っているだけ、と誰かが思っているかもしれない。半年後か一年後か分からないが、そのうち、「平城上皇重祚」ということになるかも……。

さて未の刻近くになった。奥の方からこの季節に相応しい明るい声が、「上皇様、お車の用意ができました」。

上皇と薬子一行は春の日差しが暖かい春日野へと出かけて行った。今度は別々の牛車に乗って。平城上皇はもう天皇ではないのでそう人目を気にしなくてもよくなった。本当に楽しそうである。

この時点で上皇も薬子も、またあの魑魅魍魎渦巻く政治の世界にカムバックしようなどとは、全く思っていなかった。二人はただ愛し合う男と女、それだけである。しかも薬子は何も自分から進んで熟女を装ったのではなく、生まれつき超美人に生まれただけなのである。そして昔から上皇は薬子が、薬子は上皇が好きなのであって、その二人の思いがピッタリ合致した、ただそれだけのことなのだ。そして今、それがやっと人目を気にせず愛し合える環境を手に入れた、ということではないだろうか？　私は思う、どうかこの二人をこのままそっとしておいてください、と。

しかし、世の中はそう簡単にことは運ばない。皇族である元天皇と、由緒正しい公卿の娘、世間はこのカップルをどのような運命の渦に巻き込んでいくのだろう？


平城上皇が移ってきて以来、奈良は大きく変わった。

上皇が薬子を連れだってあちこち出て行くところ、いつも黒山の人だかりである。

「上皇様、お帰りなさいませ」

「上皇様、ご機嫌麗しゅうございます」

彼が奈良にいた頃はまだ安殿親王だったが、それでも何せ次期天皇である。内裏から出ることもなければ、こうして人前に出ることも、勿論庶民と口を利くこともなかった。庶民はといえば、皇族が乗った牛車が通り過ぎるのをただ頭を下げて跪いて待っているだけ。

ところが今は、何度も言うが、もう天皇ではない。邪魔くさい簾もない。愛する薬子を連れてどこへでも行ける。

「おう、あの方が薬子様か！」

「な、なんとお美しい！」

「薬子様、薬子様」

庶民も諸手を挙げて歓迎している。薬子の美しさを褒め称えている。

薬子はこの時四十三歳、この時代でいえばもうお婆さん、美しいなんて言葉はふさわしくない。が、薬子には熟女、これがピッタリ。この言葉は彼女のために創られた言葉に違いない。

上皇は嬉しかった。

(これが世の中というものか！　麿は今まで何を見ていたのか！)

しかし上皇はもう一面もしっかりと見た。

(やや、あの童は服を着ておらぬではないか！)

(あの者たちは一体何を食べているのじゃ？)

(あの娘はどこへ連れて行かれるのじゃ？)

こういう都会の裏面を覗いても、上皇には「？」ばかりでどうすることもできなかった。

奈良はソフト面ではもう京都に勝つことはできない、ハード面でも何れそのうちに……、奈良は遅かれ早かれゴーストタウンになってしまう。庶民がこういう思いに悶々としていた時にやってきたのが平城上皇である。

「上皇様ならなんとかしてくれる」

皆そう思った。しかし、上皇は政治を投げ出した落ちこぼれ天皇で、政治的には何の力もないのである。これから先、何をするわけでもない、ただ愛人と転地療養に来ただけなのだ。

しかし上皇と共にやってきた中に一人、ここ奈良で自分の人生を変えようと思っている人間がいた。それが藤原仲成である。


仲成の性格について先段に述べたが、このような男が僅か七カ月ほどで人間性が大きく変わるはずがない。ところが上皇は自分の腹心として彼を呼び戻し、奈良での仕事をすべて任せたのである。

仲成はまず崩れ始めた奈良のハード面の復興から始めた。

「皆の者、まず上皇の住まいじゃ、御所の改装から手をつけよ」

奈良中の大工が集められて復興が始まった。昼夜を問わずの突貫工事である。トンテン、カンテン、仕事は毎日続くが一向に出来上がらない。それはそうである。大工という大工は皆京都に新都建設のために駆り出されている。人手が足りない。これではどうしようもない。現場を担当する者たちは焦り始めた。

「いかん、これはいかん、近いうちに仲成様の雷が落ちるぞ」

仕事場には不穏な空気が立ち始めた。

しかし、不思議なことに逃亡したり、投げ出したりするものは一人もいない。皆一生懸命に仕事をしている。何故だ？　どうしてなんだ？

その理由はズバリ、金である。仲成の金払いのよさである。

彼は北陸から呼び戻されたあと、上皇が奈良に移る僅かな間、嵯峨天皇の監視役を命ぜられていた。ある時は朝から晩まで、ある時は天皇の外出先へ先回り、またある時は朝議を盗み聞き、といった具合。おかげで仲成は平安京の全貌を頭の中に叩き込むことができた。

そして彼は嵯峨帝側の最大の弱点となる情報を手に入れた。それは、平安京造営に調達された大工たちは決してこの仕事に満足していない、ということだ。

ある日のこと、報酬の支払日に、

「これだけ仕事をして報酬は、相変わらずこんなもんか」

「お主はいいほうだ、おれは今回はなしだ。どういうことだ？」

「俺は前回の半分だ、だんだん減っていくぞ」

「お前もそうか、俺は今考えているんだ、あれを」

「俺もだ」

「俺もだ」

「俺もだ、もう我慢できん。いつやる？」

「……」

「あれ」とは逃亡のことである。

平城京では仲成を中心に御所再建の朝議が行われていた。

「皆の者、工事の進み具合は如何なものか？」

「……」

皆無言である。

「造営長、答えてみよ！」

「……」

造営長は答えることができない。しかしこのまま黙っていては冗談抜きで殺される。彼は死を覚悟で喋りはじめた。

「な、仲成様、我らは命を懸けて造営に取り組んでおります。昼も夜も。し、しかし、主だった者たちは皆京都に行っておりまして、人手不足は如何とも仕様がございません。今、今しばらくのお時間を賜りますようお願いいたします。わ、我らは決して手を抜いているわけではございません。何卒、何卒ご理解を……」

造営長は最後の言葉を残して額を床にこすりつけ、もう動かない。

（いかん、もう最後だ……）

朝議に参加している者たちも同じ姿勢で動かない。仲成は静かに言葉を発した。それも意外な言葉を、

「然もありなん」

参加者全員ピクリとも動かない。

「皆の者、頭を上げよ」

皆は思った。頭を上げると同時に打ち首か！　と。

しかし、違った。仲成は皆の顔を見回して、

「皆の者、今日までよう頑張ってくれた、礼を言うぞ」

仲成の口から思いがけない言葉が……。

「麿はそちたちの仕事ぶりをよう見せてもろうた、皆の働きぶりは立派なものじゃ」

皆ポカンとして聞いている。

「僅かな人数ながらよう仕事をする。平安京の大工たちとは比べものにならん。これからもしっかり頼むぞ」

彼は分かったのだ。人は金さえ十分にもらえばどんな仕事でもする、ということが。

今の調子で大工たちが十分に満足する報酬を用意すれば、人手不足などあっという間に解消できる。そう、京都の人員を奈良に取り込むのだ。そうすれば奈良は予想以上に早く再建でき

る。そうなった暁には晴れて宣言できる。「奈良遷都、平城天皇重祚」を……。

そのためには嵯峨帝が用意してくれた金が底をつく前に、奈良再建をやってしまわねばならぬ。

「皆の者、よう聞け。ここに麿が用意した立札がある。これをどこでもよい、京都中を走り回って立ててくるのじゃ、それも今日中にじゃ、分かったか！」

「ははーっ」


仲成と薬子は二つ違いの兄妹である。この兄妹に共通しているところは、どんな時でも一つのことに集中すれば物凄い能力を発揮するということである。それは特に薬子について如実に現れる。

幼い頃から勝負事はめっぽう強いこと、父種継の死を契機に医術を身に付けようとしたこと、梨壺に現れた時、そこのすべてを頭に叩き込んだことなど、数え上げたらきりがない。そんな彼女が上皇を愛してしまったのであるから、もうこの二人は離れられない。

一方の仲成の方は欲深で、酒飲みで、親族の序列を無視したりとその他いろいろあるので、この二人は本当に兄妹なのかと思うのだ。

平安京に住んでいる頃、こういうことがあった。

仲成の妻（笠江人の娘）の叔母が大変な美人であるということで仲成が好意をよせていた。しかし彼女は当然仲成などに興味はなかったので、それを知った仲成は力ずくで意に沿わせようとして彼女に暴言を吐き、捕縛して強姦してしまったという。そういう不埒な面も結構あったので、薬子はこの点を少しでも治そうと、上皇に依頼して北陸の片田舎でつらい仕事に従事させたのである。彼がいなくなって下級貴族はほっとした。仲成の都での評判はすごぶる悪かったからだ。

しかし、そういう仲成にもたった一つだけ感心する点がある。それは集中力の凄さである。しかもそれが良い方に発揮された場合は他の追随を許さない。

今回は嵯峨天皇の監視を命ぜられたが、彼は監視だけに留まらず、それを細かく分析してその対応策を導き出した。今回のこの立札がそうだ。

その内容は、

一、平城京の再建工事に着手する。
二、再建工事に従事する者は男女、貧富問わず。
三、再建工事に従事する者には工事期間中住まいを供与する。
四、再建工事に従事する者にはそれ相当の報酬を与える。
五、自己の仕事をすべて全うした者には防人を三年間免除する。

六、自己の仕事をすべて全うした者には田畑を供与する。
七、自己の仕事をすべて全うした者には税金を免除する。
この立札が一晩のうちに平安京のあちこちに立てられた。

翌日、京都は騒然となった。

仲成の野望

平安京の朝議の議題は、この立札の件で持ち切りである。

まさに喧々諤々、まるで収拾がつかない。嵯峨天皇即位と同時に復活したいつもの年寄連中は、

「大変なことが起きた」

「都がまた奈良へ戻るのか?」

「もし、そうなら早速引越しの準備を……」

「おう、そうじゃ、そうじゃ!」

彼らは朝からこんな調子。これでは全く朝議にならない。天皇は目を閉じてじっとしている。

その時、奈良からこの立札よりももっと大変な情報がもたらされた。

「御上、申し上げます！」

軍事顧問・坂上田村麻呂が緊張した面持ちで部屋の外に控えている。

天皇は今日初めて口を開いた。

「何あろう、言うてみよ、田村麻呂」

「ははっ」

田村麻呂は一息おいて、

「奈良では京都に対する反対勢力を組織しているという噂でございます」

「な、なんと申す」

これを聞いていつもの年寄連中は、

「ああ、何と恐ろしや、早良親王の怨霊じゃ」

とばかりブルブル震え出した。おいおいと泣き出す者もいる始末。

天皇は間髪入れず、

「してその主謀者は？」

「はっ、上皇様でございます」

「なに！　兄上が！　何故、何故じゃ？」

嵯峨天皇は早速奈良の情報を集め出した。しかしこの情報戦に関しては遅きに失した観がある。何しろ相手は仲成である。都のあちこちに見張りを置いているので京都の様子は手に取るように分かる。その点で言えば仲成の勝ちである。これは恐らく嵯峨帝との年齢の差であろう。だが仲成は嵯峨帝と違って兎に角、悪い風評がばかりである。だからこれらを少しでも直そうと、薬子の思い遣りもあって北陸でつらい仕事をさせられた。僅か七カ月間ではあるが……。その七カ月間が仲成をすっかり変えてしまったのだろうか？

平安京では朝議の混乱ぶりがそのまま京都の混乱を示していた。平安遷都（七九四年）以来十六年を経過したといっても、やっと御所や公卿の屋敷が出来上がったばかり、これから公共の建物や道路、橋などに着手しなければならない。大変なのはこれからである。

話は変わるが、平成二十七年の日本では、東北大震災の復興事業が始まって五年が経過した。福島や仙台へ行かれた方はお分かりと思うが、まだまだ復興とはほど遠い。二十一世紀の日本でもこれである。千二百年前の京都を考えていただきたい、どんな状況であったか……。

そこへ持ってきて降ってわいたようなこの立札！　京都の公卿たちはどうすればいいものやら……。

ところが京都庶民の選択は、そう難しいものではなかった。

「奈良に行けば家がもらえるそうな」

「おう、報酬もちゃんとくれるらしいぞ！」

「わしの息子などは、かなりの額と言うておった」

「おうおう、それに税も免除だそうな」

「防人もだ、こりゃあ奈良のほうが……」

と、こういう話で持ち切りである。

平安京では毎日工事が続いているが、労働条件は決してよい方ではない。税の負担も苦しい。庶民の不満はだんだん大きくなっていった。現状のままなら奈良の方がよいに決まっている。

彼らの中からは奈良へ移住する者が頻発した。そして驚いたことに移住するのは庶民だけでなく、中級貴族やただ座っているだけの年寄連中も混じっていた。彼らは平安京では見向きもされない役立たずではあったが、ここ平城京では仲成が彼らを手厚く迎えた。

「お待ちしておりました右中弁殿、そなたには大夫の仕事が待っておりますぞ」

「ははっ」

「そなたは医学博士をやってくださらんか？」

「承知致しました」

「ささっ、少納言殿、こちらへお上がりくだされ。明日から大蔵省を見てもらうが、得意分野でござろう。宜しいかな！」

「いや、今日からでも」

「そうでござるか、ハッハッハッ」

次から次へと人事が決定していく。これらの者たちは、皆かつて平城上皇が窓際に追いやった連中ばかりだ。彼らがまた仕事に就いているが、奈良では官吏も不足しているのだ。決して優秀な人材ばかりではない、いやむしろ落ちこぼれや口先男が殆どと言える。しかし、そういう彼らも一往は仕事を経験している。取りあえず形だけは整う。もうしばらくすると京都からやってくる本物の官吏と入れ替えれば奈良遷都は完了する。その時、妹は皇后、義弟は天皇、となると自分は果たして何になっているだろう？　そう考えると仲成の夢はますます大きく膨らんでいった。

仲成は京都時代は確かにひどかった。もともと欲深で短気なうえに、何をするにしても天皇の寵姫の兄という枕詞が付いて回った。「もういい加減にしてくれ」というその気持ちが藤原仲成という人間を創ってしまったのだが、あの北陸での過酷極まる七カ月間の仕事が彼をすっかり変えてしまったのかもしれない。今や彼は堂々たる平城上皇の腹心に見える。

さて京都には奈良の情報が次々ともたらされた。

その主なものは、
一、奈良との折衝役は藤原仲成である。
二、奈良再建工事は今始まったばかりである。
三、再建工事は、奈良に残った公卿や寺院などが協力を惜しまないため、資金面は十分に間に合っている。
四、奈良再建工事の労働条件は京都を上回っており、庶民は平城上皇を支持している。
五、そのため、奈良の反対勢力は日に日に勢力を増している。
これらの情報は京都を震撼させた。

嵯峨天皇は、兄平城上皇の目論みに心が痛んだ。

「何故兄上が朕に向かって戦いをされるのか？　兄上は疲労困憊で奈良へ向かわれた。もう政治などこりごりと言っておられたではないか！」

確かにその通り、上皇は政治を投げ出した。それが何故、この半年という短い間でこうも変わってしまうのか！

嵯峨帝は即位して初めて難題にぶち当たった。しかもこんなに早く……。

その時、尚侍の声が聞こえた、男性の声が。

「御上、冬嗣様が面会をご希望であられます」

「ん、通せ」

「冬嗣、何あろう、頭を上げよ」

「ははっ」

藤原冬嗣、藤原北家内麻呂の次男、この時点で従四位下蔵人頭、度量と才能があり、性格は温和でゆったりしている。平成上皇とは一つ違いで大同元年（八〇六年）から春宮大進を務めるなど（春宮は賀美能親王）嵯峨天皇とは昔から懇意の仲なので、煩わしい簾はとっぱらっている。

「帝、新しい情報を入手致しました」

「ん、申してみよ」

「はっ、奈良では上皇と薬子様は晴天の日以外は内裏から一歩も外へはお出にはなりません」

「な、何じゃと！」

「確かでございます、奈良での政《まつりごと》はすべて仲成様の一存で動いております」

これを聞いて嵯峨帝はビックリ仰天。

「あの立札も、反対勢力も、奈良再建も何もかも、すべて仲成様の一言でございます。上皇と薬子様は全くお手を出してはおられません」

嵯峨帝は驚きのあまりブルブルと震えだした。

「おのれ仲成めが……」

（な、何ということだ、失敗した。奈良の出来事はすべて仲成の仕業だったのか！　自分は、俺を見返してやろうと企んだ兄の仕業とばかり思っていた。しかし、仕業というにはあまりにもでき過ぎている。仲成がこんなに能力のある政治家だったとは……自分は甘かった、完全に失敗した）

そう、嵯峨帝の失敗は明白である。

例えば都の造営工事一つを取ってみても、京都の労働条件が奈良に比べて劣っているのは紛れもない事実である。それが証拠に京都の労働力はどんどん流出しており、当然工事は遅れがちで最近は建築資材も不足している。その原因のすべてが仲成の手腕である。

嵯峨帝は今まで平安京の工事について関心を持ったことなどこれっぽっちもなかった。工事の進み具合などは造営長に任せておけばよい。朕は天皇じゃ、朝議の時は臣からの上申書に耳を傾け、自分が正しいと思うことで口を濁しておけば、後は皆が動いてくれる。令外官《りょうげのかん》を新設した時がそうだ、尚侍を男性に変えた時もそうだ。皆朕を褒め称えた。みんな上手く回っているではないか！　上手く機能しているではないか！

いいや、まだある。暇な時は色欲に任せて片っ端から子供でもつくっておけば我が身は安泰じゃ。朕は魔性の女に憑りつかれた兄上とは違う、怨霊にも憑りつかれていない立派な天皇じゃ。今迄誤ったことはしていない……。

そ、それが何故、何故じゃ？

「ふ、冬嗣……くくくっ」

嵯峨帝は悔しさのあまり涙がこぼれた。

「自分は間違っていない」

これが嵯峨帝の確固たる信念だが、それは間違っていた。その理由は相手が藤原仲成だからである。

確かに京都時代の仲成は酷かった、皆に嫌われていた。しかし今は違う。奈良再建の大黒柱である。彼にしてみれば嵯峨帝など今でいう新入社員と一緒で、赤子の手をひねるようなものだ。だがそれを微塵も感じさせないところが彼の凄いところだ。いつのまにか奈良ペースに乗せられている。

彼は一昔前まではすべてにおいて「薬子の兄」と言われることが大嫌いだったが、今はそれをうまい具合に利用している。彼は朝議の時は常に上皇と薬子のそばにいて朝議を取り仕切っている。こうして奈良での出来事をすべて上皇の業績とすることで、自分の思いどおり以上の仕事をしているのだ。昔の仲成を知っている連中で、これが仲成の立案などと思う者は、それこそ一人もいない。

仲成は、「上皇様、仕事はすべてこの仲成にお任せください」、また「上皇様、今以上に動かれなくて結構でございます。何かございますれば直ぐに薬子にご要望を」と言い、そして最後には、「京都はそのうち倒れる。その時こそ奈良遷都を宣言する日じゃ」と言う。

仲成は今や奈良になくてはならない存在になってしまった。果たして京都には彼に勝る実力の持ち主がいるだろうか？


「帝、如何なされました？」

冬嗣は驚いて嵯峨帝の顔を見上げた、恐るおそる。

「冬嗣」

「ははっ」

「冬嗣、朕は間違っておった、仲成という男を……」

「え？　何と？」

「仲成は大変な政治家よの」

この言葉を聞いて冬嗣も否定はできなかった。

「朕はまだ二十六歳じゃ、即位した時は二十四。甘かった、自分を過大評価しておった」

彼は静かに頭を垂れた。

「帝、な、何を言われます、滅相もない」

「いや、本当じゃ。今は大変な時じゃ。冬嗣、頼みがある。どうすればいい？　教えてくれ」

「み、帝……」

冬嗣は驚きのあまりどうしていいか分からなかった。新進気鋭の頭脳明晰な若さ溢れる天皇が、従四位上の自分の前で頭を垂れている。天皇のこういう姿を目の当たりにしたのは日本開闢以来自分が初めてではないだろうか！　しかし彼は帝の気持ちが痛いほど理解できた。大同元年十月、従五位下、春宮大進に昇格して以来、嵯峨天皇とはツーカーの仲、弱みを見せられるのも自分以外にはいなかったのである。

「帝、お願いでございます。頭を、お、お願いでございます」

冬嗣は額を床に擦りつけた。

「ん」

嵯峨帝は気を取り直して、

「如何すればよいか？」

冬嗣もしっかりと嵯峨帝の目を見て、

「帝、私はこの情報を聞きまして安心いたしました。と申しますのは、奈良でのすべての出来事は上皇様が原因ではなく仲成様の仕業であるということが判明したからでございます。もしこれが上皇様のせいでありましたならば、私どもはもう如何しようもございません。近い将来は奈良遷都も受け入れなければならないでしょう。しかし、今の奈良は情報によると上皇様ではなく仲成様が原因でございます。そうであれば話は簡単。仲成様をひっつかまえて牢屋に閉じ込めることも可能でございます」

「何と?」

冬嗣はゆっくりと、かつ力強く答えた。

「それは今の日本の都はここ、京都だからでございます。奈良は単なる前都にすぎません。その日本の天皇は誰あろう、嵯峨天皇でございます」

「……」

「京都に、いいえ嵯峨天皇に楯突く者は、たとえ上皇様であろうと我々の敵でございます、朝敵でございます」

嵯峨帝は静かに答えた。

「心得た。しかし……」

「そうでございます。そのためには今すこしの時間が必要でございます。その間に仲成様にはうまい話を持って行ったり、例えば昇進昇格をチラつかせたり、奈良遷都を我らの方から匂わせたりと、方法はいくらでもございます」

さすが若いとはいえ藤原北家の棟梁冬嗣である。京都にも仲成に匹敵する頭脳が……。

「それができるのは嵯峨天皇だけでございます。京都には日本一の武具の使い手、坂上田村麻呂がおります。蝦夷を征伐した経験豊富な兵士たちです。奈良の勢力何するものぞ。その他優秀な人材があまたおります。私共は決して仲成様如きには負けませぬ」

「んん、心得た。よし、今から軍議じゃ。皆を呼び集めよ！」

「ははーっ」

奈良遷都

弘仁元年（八一〇年）九月一日、平城上皇と薬子は吉野川（紀ノ川）の河畔へ散歩にでかけた。平安の世では九月といえば暑さも治まり始めた初秋、あちこちにススキが目につく頃である。奈良に移って七カ月、上皇の体調もすっかりよくなった。

「ああ、実にいい気分じゃ。これから清々しい秋になる。一年中で最も良い季節よのう、薬子」

「はい、上皇様のお顔を拝見しておりますと、昨年のことがまるで嘘のようで……私は本当に嬉しゅうございます」

薬子はうれし涙が溢れてならなかった。

「これ、何を泣いておる、んん?」

上皇はやさしく薬子の肩に手を置いた。

「はい、申し訳ございませぬ、上皇様……」

「いやいや、そちが泣くのももっともじゃ。それもこれも皆そちのおかげじゃ、礼を言うぞ」

上皇は優しく薬子の肩を抱いた。気持ちの良い秋の風が二人を優しく包んだ。川の向こう岸では、五、六人の童が水遊びをしている。楽しそうに……。

それを見て上皇が、

「薬子、そちに一つ尋ねたいことがある」

と言った。薬子は少し驚いて、

「はい」

「あの童どもを見よ。楽しそうに遊んでおるが、あの者たちは身につける物はあるのか?着物は持っておるのか?　どうじゃ?」

「あの童たちでございますか?」

「そうじゃ、麿が春日野へ行った時も、羅城門から外へ出た時もそうじゃった。いつも裸でおるではないか。今はよいが冬になるとこのままでは寒かろう。何とかしてやれぬものか？」

薬子は分かっていた。その理由が。今から十二年ほど前、平安京を追放されて大宰府に落ち延びていた頃、彼女はこの目ではっきりと見たのだ。公卿たちの目には入らないもう一つの日本を……。大宰府政庁を一里ほど離れると、今日、明日をも知れぬ生活を余儀なくされている民がたくさんいることを。薬子は上皇にはっきりと伝えた。今の日本のもう一つの現実を。

「そうであったか、そうであったか。うん、それなら名案がある。どうじゃ、麿が奈良へ来る時に弟が用意してくれた金がまだかなり残っておるはずじゃ。それでこの童たちに着物を用意してやろう。それくらい容易《たやす》いはずじゃ。のう」

「じ、上皇様、いけません。そ、そのようなことをしてはいけません。あのお金は上皇様の御所の建設資金でございます」

「別に構わん、もう御所はほぼ出来上がっておる。もうよいわ。残りは全部童の着物代じゃ。その方がよほど奈良のためになるではないか、のう」

「上皇様……」

薬子は心底嬉しかった。平城上皇がこのような心遣いのできる人間に育っていたとは。上皇についてきてよかった、やはり自分の判断は正しかった、そう思った。それともう一つ。体が復調した上皇がまた政治の世界にカムバックしたい、などと言わなかったこと。こっちの方が二倍も三倍も嬉しかったに違いない。

吉野川へ散歩に行った日の翌日、薬子は早速女官たちに命じて子供用の着物を用意させることにした。

「上皇様、私は今から女官たちに命じて布をたくさん仕入れて参ります。それから女たちもたくさん集めて着物を作らせます、子供用の可愛い着物をたくさん！　皆で手分けして作れば五日もあれば十分でございます」

「おおそうか！　よし、ならば集まった女たちには握飯をふるまえ。さぞ腹を空かしておろう」

「え、上皇様、女たちは童の着物をもらえるだけで十分でございます。何も、そ、そこまで……」

「構わん、麿が許す、頼んだぞ」

「は、はい、上皇様」

薬子はまた涙が溢れ出た、止めどもなく。

「どうした薬子？　そちは昨日から泣いてばかりではないか、麿はそんなに薬子を悲しませておるのか？　ええ？　ハッハッハ」

「上皇様」

清々しい秋の一日、薬子が女官を連れて外へ出かけて一時間ほど経った頃、

「上皇様、仲成様が面会をご希望でございます」

「ほう、仲成が、久し振りじゃのう。んん、通せ」

「ははっ」

平城上皇は天皇時代と違って煩わしい簾は用いていない。薬子が外している時は、代わりをする男が一人いるだけである。

「仲成、久し振りじゃのう」

「上皇様、ご機嫌麗しゅうございます」

「んん、磨も体はすっかりようなった。これもそちが仕事をようしてくれるからじゃ。礼を言うぞ」

「な、何と……滅相もない。有りがたき幸せでございます」

「ハハハッ、そうか。ところで実に久し振りじゃが何用か？」

仲成は一呼吸おいて、

「はっ、上皇様。上皇様御一行がこの奈良に移り住まれて早半年が過ぎました」

「ほう、もうそんなに経つかのう……」

「その間、大きな事故もなく、また奈良再建も順調に進んでおります。誠に幸せで私どもも嬉しゅう存じます」

「んん、誠よのう」

「それで上皇様、誠に勝手ではございますが、仲成自身の意見を上申致しますことをお許し願います」

「んん、何あろう、言うてみよ」

「ははっ、ここ奈良はもうしばらく致しますと立派に出来上がります。あとは中身を整えるだけでございます。しかしそれもそう難しいことではございません。私に考えがございます」

上皇は目を閉じてじっくりと聞いている。

「それで、如何でございましょうか？　ここらでそろそろ奈良遷都の詔を発せられましては如何なものかと！」

上皇は驚いて目を大きく開いた。しかし、驚いたとは言っても仰天するほどではない。奈良遷都については自分も少しは考えていた。それに、体はすっかり丈夫になった。奈良再建は予想以上に進んでいる。資金面については東大寺を始め多くの寺がしっかりとバックアップをしてくれている。有り余るほど金はある。奈良の庶民は皆自分を信頼している。腹心には仲成がいる。この調子で奈良を再建すれば遷都の声は自然と起きてくるであろう。まあそう急ぐこともないが仲成の言うのももっともじゃ。少し考えてみるか。

「仲成、よう分かった。麿も少し考えてみようぞ」

「ははっ」

仲成は近いうちによい返事が返ってくることを確信した。

（上皇は必ず遷都の詔を出される、間違いない！　よし！　今からその準備じゃ。忙しゅうなるぞ）

足早に内裏をあとにした。

上皇は高御座《たかみくら》にじっと座って考えた。

（奈良遷都か、もうその時期かのう……麿も重祚すればまた忙しゅうなるが、今度は仲成がおる、あれがなんでもやってくれるであろう。勿論京都の連中とも協力せねばならぬ。賀美能〈嵯峨天皇〉をまた皇太子に戻すのも如何したものか？　まあよい。代わりはいくらでもおるではないか、薬子は晴れて皇后か。あれには本当に苦労をかけた、これくらいはしてやらんとのう……）などといろいろ考えて、自然と含み笑いをする上皇であった。

その時、

「薬子様がお戻りになりました」

「上皇様、上皇様、ただいま戻りました」

薬子は満面に笑みを浮かべて帰ってきた。その表情は昔の艶麗な熟女の顔ではなく、ただ美しい、本当に美しい女性の顔になっていた。

「上皇様、布はたくさん手に入りました、赤、青、黄色、緑、可愛い色がたくさんございます。女たちも大勢集まりました。早速明日から仕事にかかります。童たちも喜びましょう。ああ、早く童たちの喜ぶ顔が見たい」

「おお、そうかそうか薬子。では頼んだぞ」

「はい！」

薬子は女官五、六人に指図して明日の準備に取り掛かった。上皇はそれを見て嬉しそうではあったが、彼の頭の中は童の着物のことよりも、先ほど仲成と話し合ったばかりの奈良遷都のことで一杯である。無理もない、一度でも権力の頂点に立ったことのある人間は昔の栄光が忘れられない。天皇の座を投げ出して奈良へ逃げてきた平城上皇でさえそうである。それも仲成から重祚を勧められるような言い方をされると尚更のこと。

（自分は再び天皇に相応しい人間になったのか！　よし、もう大丈夫じゃな）

そう考えるようになった。その時は常にそばにいる薬子のことは微塵も頭になかった。

もしも、もしもである。今日、薬子が布の仕入れを他の女官に任せて、いつもの通り上皇と二人きりで部屋に閉じこもったり、もしくは周りの者を引き連れて散歩に出かけたりしていたなら、所謂「薬子の変」は起きなかったかもしれない。

さて、翌日から早速女たちを集めて童の着物つくりが始まった。女たちは自分たちがこさえた着物が貰えると聞いて大喜び、一心不乱に手を動かしている。

「皆の者、ようやってくれておる。大儀である。私から礼を言うぞ」

女たちが頭上から誰か分からぬが、実に綺麗な雲雀の囀るような声がした。

女たちは声のする方を振り返ると、そこには美しい、綺麗な、花のような、人形のような、これ以上の形容のしようがない女性が立っていた。真っ白い顔、ふくよかな体つき、上品な立ち居振る舞い。

「皆の者、藤原薬子様であるぞ、頭が高い、控えよ！」

女官が叫ぶ。しかし女たちはそのあまりの美しさに茫然自失、口をポカンと開けたまま。再び女官が叫ぶ。

「頭が高い！」

女たちはやっと我に返って頭を下げる。

「は、はーっ」

薬子は僅かな笑みを浮かべて、

「構わぬ、皆の者、頭を上げよ」

女たちは頭を上げた。

「皆の者、これから二、三日は大儀であるがよろしく頼みますぞ」

女たちは薬子の顔に見とれている、そのあまりの美しさに……。

「皆に食事を用意しておる。これは上皇様のお心遣いじゃ、残りは好きなだけ持って帰るとよい。家の者に分け与えよ」

「は、はーっ」

「明日も頼みます。よいな」

「は、はーっ」

薬子はしずしずとその場を去った。

その後女たちは、女官が運んできた真っ白いものを目にした。

「あれは、に、握飯じゃ」

「おお、真っ白な……漬物もある」

「ほんとにわしら、食うてええんかのう?」

女官が言う。

「何をしておる、さあ早う食べよ。さあ、遠慮は無用ぞ」

一人が恐るおそる口へ。

「う、うまい、それも、し、塩がついておる」

「な、何じゃと、塩が!」

女たちは皆貪るように食べ始めた。

女官たちはそれを見て思わず微笑んだ。

「さあ、皆残りは家に持って帰るがよい、お前たちが残すと今度は我らがお叱りを受ける」

「はい!」

「明日も頼むぞ、よいな!」

「はい!」

帰り道、女たちは、

「あのお方が薬子様、おまえ見たか?」

「ああ、見た見た。なんとまあお美しい……」

「わしは綺麗な方と聞いてはおったが、あれほどまでに綺麗だとは、ほんとにお綺麗じゃ」

「わしは言葉も出んかったわ、まるで人形ではないか、のう」

「あの方、我らと同じ女じゃろうか、のう」

「またお見えになるじゃろうか?」

「今一度、今度はじっくりと見てみたいものじゃ」

「何を言う、わしらにそんなことができるか、のう」

「おう、そうじゃ、そうじゃ」

楽しそうな女たちであった。

この日を入れて三日間、童たちの着物つくりが続き、四日目に東大寺前、羅城門前、西大寺前の三カ所で奈良中の貧しい童たちに着物が無償で配られた。

薬子は心の底から嬉しかった。


弘仁元年九月六日、この知らせを聞いて誰もが耳を疑った。「奈良遷都の詔」である。しかも平安京の廃止と同時にである。

この知らせを聞いて奈良庶民は、

「おーい、また都が奈良へ帰ってくるぞ」

「おおそうじゃ、やはり都は奈良でないと」

「そうじゃそうじゃ、京都に行かんでよかったのう。さあ、今夜は酒じゃ酒じゃ、一晩中飲み明かそうぞ」

とばかり狂気狂乱、そして狂踊した。

しかし、この知らせに一番驚いたのが誰あろう、薬子である。

（じ、上皇様、何故？　何故でございます、上皇様。私たちが生まれ育った今のままの奈良でよいではありませぬか！）

薬子は悲しかった。

（愛する上皇様と二人、この奈良で命のある限り生きていこう。どんなことがあっても自分は耐えてみせると誓ったのに、また戦いが始まるではないか、しかも今度は勝ち目のない戦いが……）

薬子は直ぐに分かった。仲成である。遷都の詔の張本人は我が兄、仲成である。あの仲成が上皇をけしかけて詔を出させたのだ。そうに違いない。甘かった！　自分は兄を甘く見ていた。あの北陸の厳しい環境の中で僅か七カ月とはいえ、地方行政をしっかり勉強させたつもりだったのだが……。

でももう遅い。詔はもう今頃は京都に届いている。京都の公卿連中は仲成が思っているほど簡単にはいかない。大体この奈良には戦いをする兵士はいるのか？　我らの周りには百姓と、京都から移ってきた大工と、昔からいる僧侶だけではないか！　あとは上皇に胡麻をすってばかりいるいつもの年寄り連中ばかりではないか！　ところが京都には蝦夷を征伐した生粋の軍人坂上田村麻呂がいる、彼が統率する日本一の軍団が控えている。この軍団を相手に一体どう戦えばいいというのだ！

薬子は女の身でありながら京都の現状もしっかりと頭に入れていた。

そしてもしここに仲成がいたら、

「兄上は本当に戦いをしたことがあるのですか？　坂上田村麻呂という男がどういう人間か知っているのですか！　この大馬鹿者が！」

とばかりに思いっきりぶん殴ってやろうと思った。

しかし、今は西暦八一〇年、平安時代の初め。男が決めたことには女はすべて従わなければならない時代である。薬子は黙って上皇に付いていくしかなかった。

仲成と冬嗣

「奈良遷都」の詔はそれこそあっという間に京都中に知れ渡った。しかし、京都はこの知らせに対して素早い対処ができなかった。無理もない、嵯峨帝が軍議を召集した日からまだ十日も経っていない。しかし、冬嗣は落ち着いていた。

「帝、やはり我らの思っていた通り仲成殿は奈良遷都を打ち出してきました。しかし、これは我らの思うつぼでございます」

「んん、冬嗣、ならばそちと田村麻呂と二人して奈良へ向かえ。そして計画通り奈良遷都の話し合いに十分に時間をかけるのじゃ。時間稼ぎじゃ、よいな！」

「心得ました」


薬子は「奈良遷都」の詔が発せられて以来一睡もしていない。眠れないのである。微睡《まどろ》もうとすると兄仲成の勝ち誇った顔が目に浮かぶ。

（ああ、兄上はこの先どうなさるおつもりか？　兄上の行動はすべて上皇様の行動、皆そう思うておる。それが分かっておられるのか！）

大体遷都などそう簡単に口にも出せるものではない。それもこの春頃から仲成が積極的に人事面に手を出すようになってから「二所朝廷」と言われる対立が起こり始めた。平城上皇の出す詔と嵯峨天皇の出す詔が衝突するのである。貴族や官僚たちはどちらについていいのか皆目見当がつかない。

「俺たちは一体どうすればいいんだ？」

平城上皇の重祚を目論む仲成は、この対立を最大限利用した。そう、仲成は京都朝廷の政治

・軍事両面の力の分散化を図ったのである。
さすが藤原式家の生き残り仲成、政治的混乱もここまで来ると、これはもう見事と言うより他はない。他に誰がこういうことを思いついただろう?

「奈良遷都が発令されて、世の中も随分と混乱しているようでございます」

薬子はとうとう我慢できなくなって胸の内を上皇に打ち明けた。が、直ぐに我に帰った。

(いけない、上皇様に心配をかけてはいけない)

「でも皆上皇様に付いてまいります。心配無用でございます」

「んん、そのへんは仲成がうまくやってくれるであろう。賀美能(嵯峨天皇)は即位して直ぐに、麿が新設した観察使を廃止して参議を復活させおった。あの時は麿もさすがに腹が立った。しかしもうよい。あとは仲成に任せておこう。これからはこの奈良を都にして立派な日本を築いていこうぞ、のう」

薬子は笑顔で返事をしたが、内心は不安で仕方がなかった。

(本当に兄上はこの先、どうなさるおつもりなのか? 兄上一人でこの難局を乗り切れるのか! いや、どう考えても無理だ)

薬子と仲成は血を分けた兄妹であるが、昔から彼女の方が数段できがよい。今は極楽浄土からこの日本の混乱を垣間見ている彼らの父藤原種継も、何度思ったことだろう。「この二人が逆であったなら、このような事件は多分起きなかったであろうに」と。

彼女には分かっていた。

（今の仲成はこれまでの想像以上の成功を見て思い上がっている。政治というものは、こんなに簡単に成就するものではない。今にきっとしっぺい返しがくる。百年前の藤原不比等様のような超天才でない限り……）


弘仁元年（八一〇年）九月八日の早朝、京都から二人の使者が大勢の大工を連れてやってきた。二人とは、藤原冬嗣と坂上田村麻呂である。二人の使命は、京都朝廷としては取りあえず奈良遷都を受け入れるという意思表示を上皇側に伝えることである。

二人は（第二次）大極殿の朝堂院に通された。朝堂院では藤原仲成が勝ち誇った様子で二人を待っていた。

仲成と冬嗣は向かい合って座った。冬嗣の隣には大柄な田村麻呂がドンと控えている。それだけでも相手を圧倒する堂々たる体軀。さすが日本一の武具の使い手である。

「仲成様、お久しゅうございます。これまでの実績、誠に素晴らしく存じます」

「何の何の、これはすべて上皇様の成せる業、麿は上皇様の手先になって動いているにすぎぬ。何を言われる冬嗣殿」

何というものの言いよう、完全に冬嗣を馬鹿にしている。

冬嗣は当時従四位下、これを機に奈良朝の造宮使に任ぜられている。一方の仲成も従四位下、参議。律令制では同位だが仲成は冬嗣より十一歳も年上で参議にも就いているので、この時点では仲成の方が上位である。

仲成にしてみれば冬嗣はライバル藤原氏北家のホープ、遥かに年下ではあるが、実にいまいましい存在。この若造！　とばかり即座に切り捨ててしまおうかと思うくらいである。しかし、種継の横死以来、出世から見放された感のある藤原式家、その生き残りである自分はここが我慢のしどころである。仲成は落ち着き払って、

「今日はまた何の要件でござろうか?」

この言葉を聞いて冬嗣は切れた、頭に血が上った。しかし隣に坐している田村麻呂はそれを見逃さなかった。彼は自分の前に置いてある茶碗をわざとひっくり返してその場をすり抜けたのである。

「も、申し訳ございませぬ。麿は田舎者である故、こういう作法は身に付けておりませぬ。誠に申し訳ございませぬ」

仲成はそれを見て軽蔑的な笑いを見せた。

冬嗣は少しばかり冷静さを取り戻したが、沸き起こる怒りを必死にこらえて、

「はい、実は昨日の奈良遷都の件でございますが、嵯峨天皇といたしましては、熟慮に熟慮を重ねられました結果、この場はお受けするとのお返事でございます」

仲成は内心小躍りした。

（やった！。やはり麿の目論みは当たった。今まで苦労した甲斐があった。これで晴れて麿も大臣じゃ。やりましたぞ、父上！）

ここで彼はこぼれる笑みを必死にこらえて、

「そうでござるか、しかし天皇におかれましては返事が早い。さすが嵯峨天皇。これ以上庶民を迷わせるわけにはいかぬからのう。それは英断でござる」

冬嗣はまた切れそうになった。

（我らが天子の判断を英断などと決めつけおって、この無礼者めが！）

冬嗣は今にも摑みかからんばかりである。

仲成は、（どうだ冬嗣！　思い知ったか。所詮この場はお前のような若造の出る幕ではないわ！）とばかりほくそ笑んだ。

ところが田村麻呂は、（いかん、このままじゃとこの勝負、仲成殿の勝ちじゃ）。

それで彼は直ちに冬嗣を制して前へ出た。

「仲成殿、旧都の再建、誠にご苦労でございます。本日我らはここにたくさんの大工を連れて参りました。皆京都で働いております者ばかりでございます。この者たちは今日から奈良で仕事を致します。もう京都には帰りませぬ。用無しでございます。これからは奈良の再建のみでございます」

「おう、それならば奈良再建も早う終わる」

「左様でございます」

田村麻呂は更に、

「それからもう一つ帝からのお願いがございます。仲成殿、帝が仲成殿とご面会を欲しておられます。遷都の前に帝が上皇様と和解をご希望であられますので、その前に仲成殿とお会いして上皇様の近況を知りたいとのこと。仲成殿、近日中に京都までご足労願えますでしょうか?」

「ほう、そうでござるか」

仲成は、勝った! と確信した。

(遂に帝は平城上皇に頭を下げる覚悟をなさったか、帝はスムーズに上皇に譲位なさるおつもりじゃ。とうとうその時が来たか……)

「田村麻呂殿、御上のご希望、この仲成しかと承った。早速上皇様に申し伝えよう。この仲成にお任せあれ。さてこれからどうされる? 久しぶりに奈良をゆっくり見て回られるがよかろう。御上にご上奏願いたい、奈良はいつでも遷都の準備はできておりますと」

冬嗣はもう完全に切れている。田村麻呂の後ろで顔を真っ赤にしてブルブルと震えている。だが自分の前に立ちはだかっているのは日本一の武人坂上田村麻呂である。どうしようもない、この場は彼に任せるしかなかった。

この後二人は、大勢の大工たちをそれぞれの持ち場に分散して仕事につかせ、京都への帰路についた。

その途中、冬嗣は、

「田村麻呂、すまぬ。先ほどはつい取り乱してしもうた。面目ない」

「何を言われます冬嗣殿、今日はよう我慢なさいました」

「そちに比べると麿はまだまだ修行が足りん、よう分かった」

「いえいえ、それよりも自分は安心いたしました」

「ん？　何がじゃ？」

「今の奈良の現状であれば大丈夫でございます」

「ん？」

田村麻呂の行動は早かった。彼はその日のうちに伊勢（三重県）、近江（滋賀県）、美濃（岐阜県）に使者を送り、街道の封鎖を命じた。この三カ所の街道は何れも東国へと繋がっていたからである。

彼には分かっていた。仲成は奈良遷都を宣言するくらいだから武力行使も考えていると。これは単なる武装蜂起ではない、まさに国家の一大事であると。現に奈良の勢力は日に日に増加している。このまま放置しておくと、いくら農民の集団とはいえ大変な数になる。近い将来、仲成はこう宣言するだろう。

「我らは平城天皇に仕える朝軍であるぞ。何も恐れることはない」

こうなったら堪ったものではない、特に近江（滋賀）街道は仲成が観察使を務めた北陸に通ずる彼の通勤路のようなもの。ここを通って東北へ逃げられたら百四十年前の壬申の乱はおろか、東日本全土を巻き込んだ蝦夷征伐のやり直しにもなりかねない。蝦夷の民は未だにこの俺を憎んでいる。そうなったら完全に国家は分裂する。冗談じゃない！　それだけは絶対に回避しなければ……。

しかし、今ならまだ十分間に合う。今のうちにこの三つの街道を封鎖して仲成を奈良に封じ込めてしまうのだ。これは蝦夷を征伐した経験のある田村麻呂だからこその作戦である。京都へ帰る途中、田村麻呂が冬嗣に、「今の奈良の現状であれば大丈夫でございます」と言ったのはこういう意味だったのだ。

九月十日の早朝、仲成は僅かな兵を引き連れて奈良を出発した。

その直後、嵯峨天皇は奈良遷都拒否を宣言、奈良の勢力を我ら朝軍に対する反乱勢力と認定し、坂上田村麻呂に反乱勢力全員の逮捕を命じたのである。

いよいよ京都朝軍の反撃が始まった。

仲成はその日の午の刻に平安京に到着、羅城門をくぐり、朱雀大路を威風堂々と行進した。

「嵯峨帝は『三種の神器』を差し出して無条件降伏を宣言するだろう。だが麿はそういうことはやらん。それはあくまで上皇の前でやってもらう。このまま今度は帝に奈良へご足労願おう、それが重祚というもんじゃ」

彼ら一行が朱雀門前に到達した時、突然大勢の兵士が現れて仲成の牛車を取り囲み、彼は中から引きずり出された。

「な、何をする、うぬらは麿を藤原仲成と知っての狼藉か！」

その日の未の刻を過ぎた頃、仲成逮捕の知らせが奈良に届いた。この時、上皇と薬子は二人して朝堂院前に咲き誇る菊の花を盛んに愛でていた。

「本当に菊は綺麗じゃのう」

「誠でございます」

「まるでそちの真っ白い肌のようじゃ、薬子、そちは秋には菊子と名前を変えてはどうじゃ？」

「上皇様、ご冗談を、私はもうとっくに四十を過ぎております。これからは年老いていくばかりでございます」

そう言うと彼女は急に涙をこぼした。上皇はそれを見て、

「これ、どうした薬子！ どうかしたのか？ どこか悪いのか？」

薬子は静かに泣きながら、

「はい、これから先私は老い衰えていくばかりでございます。そのうち、いいえ、明日にでも上皇様から、お暇を申し渡されるかと思うと……」

「何を申す、馬鹿なことを。そちは美しい、ずっと前よりも、いや未来永劫美しい。馬鹿なことを申すでない。朕は絶対に薬子を離さんぞ」

上皇は優しく彼女の肩を抱きしめた。

その時、尚侍が大声で叫びながら簾の向うに入ってきた。

「上皇様、申し上げます」

「な、何ということ！」

平城上皇は、その知らせを聞いて、これ以上の言葉が出なかった。ただ呆気にとられ、目の

焦点が定まらず、言葉通りの茫然自失。

京都から届いた知らせは、藤原仲成と藤原薬子の兄妹を京都に対する反乱軍の首謀者として逮捕するという内容だった。

「して仲成は?」

「ははっ、仲成様は今朝早く京都へ向かわれました。今頃は……」

上皇は愕然とした。頼みの綱の仲成が逮捕された! 目の前にいる薬子も反乱の首謀者として逮捕されようとしている。薬子を差し出せば二人とも死刑は間違いない。しかし、仲成は兎も角、薬子が一体何をしたというのだ。何もしていないではないか、反乱の首謀者はむしろ自分である。そう叫びたかったが如何せん、天皇を逮捕するなど有り得ないこと。天皇は人間ではない、天子なのだ。逮捕などできるはずがない。たとえ薬子を差し出したとしても第二、第三の要求を次々と出してくる。京都朝廷の目的は奈良勢力の殲滅、これしかない。

そのために、有ること無いことをいろいろと探り出して、それらすべてを薬子のせいにしたのである。

上皇としては無論薬子を差し出す気はない。薬子と共に生きていくと決めた以上、立ち上がるしかない、戦いなど、それこそ全く知らない自分ではあるが……。

平城上皇は我に帰り、かつての自分を取り戻した。

「薬子、朕は戦うぞ！」

「はい！」

薬子は分かっていた。この期に及んで上皇に何を言っても無駄である。自分は上皇について行くだけ、それしかない。

弘仁元年九月十一日、平城上皇挙兵。

今生の暇乞い

平城上皇挙兵の知らせは奈良にいる貴族・官僚たちを大いに混乱させた。

「どうする？　京都朝廷は朝軍だと言うておるぞ」

「ああ、このままじゃと我らは朝敵になる」

「それはいかん、今すぐ京都に鞍替えじゃ、磨は初めから分かっておった。やっぱり京都じゃ」

「そうじゃ、そうじゃ」

いつもの年寄連中の取る行動はいつもの通り。多数の牛車が京都へ向かい始めた。だが最初

から奈良に居を構えていた者や、平城上皇の京都時代からいろいろと世話になった者たちは、

「わしらはどうせ奈良以外に行く所はない。ここにおる」

「わしらはあの握飯の美味さが忘れられん。薬子様のような優しいお方は京都にはおるまいが。わしらは薬子様について行くぞ」

「わしもじゃ！」

こういう輩も結構多かった。しかし公家連中はこぞって京都へ旅立って行き、平城京はあっという間に閑散となってしまっていた。

上皇と薬子は熟慮の末、軍勢と共に東へ向かった。東へ向かって近江を越えればそこは仲成の本拠地北陸である。たとえ仲成がいなくても何とかなる。何とかして東北へ逃げるのだ。上皇の考えはこういう実に甘いものであった。

軍政とはいっても強いて言うなら、凶器を持った農民の集団。鍛えに鍛え上げられた田村麻呂の軍勢と面と向かったら結果は火を見るより明らか。

平城上皇の挙兵を知った嵯峨天皇は、すぐに田村麻呂に東征行きの阻止を命じた。

田村麻呂が京都を出発した日の夜、仲成は薄暗い牢屋にその身を拘束されていた。

「仲成、気分はどうだ？　んん、どうして欲しい？　この期に及んで何か望みごとはある

か？」

仲成は冬嗣を睨みつけたまま無言。

「ふん、恐ろしさのあまり口もきけなくなったか」

冬嗣はそういってほくそ笑んだ。その瞬間、

「若造めが、せいぜい威張り散らすがいい、ペッ！」

と冬嗣めがけて唾を吐いた。その唾は冬嗣の袍《ほう》（服）を汚した。彼はまた切れそうになったが、相手は袋の鼠、ここは冷静にいこう。

「牢屋に入れられた者は皆そういう態度をとる。お前も変わらんのう」

仲成は冬嗣を睨みつけて、

「磨もあと僅かの命、不倶戴天の敵に殺られるのなら、それも本望。じゃがな冬嗣、磨は幸せ者よ。明日には地獄からお前を心ゆくまで罵倒するだけでよいが、お前は死ぬまで俺を恨み続けるじゃろうて。どうか冬嗣様、百歳、いえ二百歳まで生きながらえて、この仲成を恨み続ける苦しみを味わいくださいまし、ハッハッハ……所詮貴様はこの俺様には勝てんのよ、まだ分からんようじゃな、ハッハッハ……」

冬嗣は切れた、また切れた。しかし相手は牢屋の中で縛られている、手は出せない。どんなに非難、中傷、罵声を浴びせようとただカラカラと笑っているだけ。彼はとうとう怒りを抑え

きれず、その場を立ち去った。

弘仁元年（八一〇年）九月十一日の深夜、藤原仲成処刑、享年四十六歳。

彼のことはどんな書物を見ても決して良くは書いていない。欲深だの、酒飲みだの、親族の序列を無視するだのと。しかし私は決してそうとは思わない。彼の晩年の活躍を見たら分かるように、政治的手腕はなかなか大したものである。彼は弓矢により射殺されたが、この後三百五十年間にわたって死刑は実行されなかったという。

また不倶戴天の敵藤原冬嗣は、この後ずっとこの残酷な死刑を非難され続けたことを考えると、仲成の死刑は彼の私怨の可能性が高い。それが彼をより憎まれ者にしている。しかしこれから先の目覚ましい昇進・昇格は、藤原北家による摂関政治の基礎を築くことになる。

平城上皇の一行は羅城門を抜けて一路近江へ向かった。いよいよ戦いである、戦争である。後ろに従う兵士たちは皆武器を持って上皇と薬子の乗った牛車の後をゆっくりと歩いている。だが彼らを見るととても兵士とは思えない。まるで農具を抱えた農民の集まりである。彼らに戦争ができるのかどうかは一目瞭然。

おや？　誰かが後ろから追いかけてくる、それも二人で……そして大声で叫んだ。

「上皇様、お待ちください、上皇様」

彼ら二人はやっと追いついた。

「誰あろう？」

　すると薬子が叫んだ。

「藤原葛野麻呂様でございます」

「何、葛野麻呂じゃと！」

　藤原葛野麻呂、この時既に官位は正三位、従四位下の仲成より遥かに上位であるが、仲成が出世とは無縁となった藤原式家出身ということを考えれば、彼の官位は順当である。むしろ彼のような遣唐使も経験した有能な人材がなぜ上皇側にいたのか？

　それは昔から平城帝の抜群の信頼を得ていたことに起因する。もし平城帝がこのまま天皇の座を全うしていたら、末は大納言も夢ではなかっただろう。ところがこの通り平城帝は譲位して奈良に移り住んだ。都では嵯峨帝が即位し、藤原北家には冬嗣という若いリーダーが誕生した。上皇側では薬子の兄仲成が幅を利かし始めた。何せ薬子の兄である。この期に及んで彼は出世から見放された感はあるが、京都にいてもやがて冬嗣には追い越されるだろう。ならば上皇に付いて行こう。仲成となら何とかやっていける。

　彼は上皇の前まで来ると即座に馬から降りて、

「上皇様、お待ちください」

「おう、葛野麻呂、よう間におうた。仲成亡き後、大将はそちしかおらん。さあ、先頭を任そうぞ」

「上皇様、その前に、も、申し上げます」

「んん、許す、何あろう?」

「上皇様、東国行きを今一度お考え頂きたく、こうして藤原真雄《さねお》と共に参上仕りました」

見ると、葛野麻呂の横に完璧な武者姿の武人が……。彼の名は藤原真雄、従四位下、勇気と腕力に秀でた武人、永らく不遇の身であった彼を引き立ててくれたのが平城上皇、というより薬子である。それは京都時代、武芸の優秀さを薬子に見いだされ、それを平城帝に上奏した。それ以来、上皇のそばで身を挺して警護にあたっている。このように武芸や頭脳に優れた下級貴族や官僚を見出して出世させてやったのが、他ならぬ藤原薬子である。藤原真雄のような例は他にも数限りなくある。

真雄は、上皇に向かって、

「上皇様、これから先、近江、美濃、伊勢、どの道も田村麻呂の軍勢で塞がれております」

「何じゃと! しかし我が軍にはこれだけの兵がおるではないか。何を恐れておる、心配は無用じゃ。ならば一番近い伊勢へ行くぞ」

「その伊勢が問題でございます。伊勢にはもう我らの味方は一人もおりません、皆京都の軍勢にやられてしまいました。どうかこのまま奈良へお戻りくださいますよう……」

「な、何を申す、朕に今更奈良へ帰れと申すか！」

真雄は分かっている。上皇は戦いに関しては全くの無知、どう説明しても分かってもらえない、それは分かっている。しかしこの場は上皇を先に行かせるわけにはいかない。

「これだけたくさんの兵士がおるのじゃ、京都の軍勢何するものぞ！」

と言って後ろを振り返った上皇は、唖然とした。ここまで付いてきた兵士（農民）たちが我先にと逃げ出している。武器も何もかも放り出して……。

「こ、これは……」


弘仁元年九月十二日、上皇と薬子一行は大和国添上郡田村まで来たが、これから先はすべての道が塞がっているのを知った。

「もはやこれまでか」

ここにはもう自分と薬子しかいない。しかし薬子を渡すわけにはいかない。

薬子は平城上皇の顔を見ると、

「上皇様、私は覚悟はできております」

小さくてもはっきりとした声であった。

上皇は、

「く、薬子、すまん」

彼は優しく薬子を抱きしめた。

ほのかな黒髪の匂い、ふくよかな体つき、雪のように白い肌、美空を囀《さえず》る雲雀《ひばり》のような優しい声、優雅な立ち居振る舞い、今の薬子は男を惑わす魔性の女でもなければ、熟女でもない、ただただ上皇を愛する一人の綺麗な、美しい女性である。女性を愛でるすべての言葉を兼ね備えた類いまれなる平安の美女、藤原薬子。彼女が今その美しさに幕を閉じようとしている。

「さあ、上皇様、お車にお乗りください」


上皇が奈良へ向かうのを見届けた後、薬子は彼女の車番・多紀を呼んで、これからのことを申し付け、その後静かに毒を呷《あお》った。服毒自殺である。享年四十四。平安の世の今、もうとっくに美しさを通り過ぎて、一般庶民であれば死を待っていてもおかしくない年である。しかしこの藤原薬子だけは老衰という言葉とは無縁であった。

多紀を含めお付きの者たちは、遺体を車の中に横たえ、地面にひれ伏して泣いた。ひたすら泣いた。

しばらくすると蹄の音が聞こえてきた。だんだん大きくなってくる。それは薬子が眠っている車の前で止まった。先頭に立ついかにも強そうな大きな男が叫んだ。

「麿は坂上田村麻呂と申す」

「ははーっ」

「御上の命を受けて参上仕《つかまつ》った。藤原薬子様は何処におられる？」

多紀たちは皆ひれ伏しているだけ。

「皆の者、隠し立てすると容赦せぬぞ！」

田村麻呂の大音声に皆震えあがった。一人の男が勇気を出して、

「あ、あそこにございます」

と車の方を指差した。

田村麻呂は馬から降りて車の中を覗き込んだ。その瞬間、彼は思わず一言、

「う、美しい……」

これ以外に言葉はなかった。

（こ、このお方が藤原薬子様！　何と美しい、まるで人形じゃ、いやそれ以上。しかし、本当に死んでおるのか？）

彼はその真っ白い手に触れてみたが、既に冷たくなっていた。

（このお方が世に言う魔性の女！　しかしこのようなお方が、冬嗣様が言われるような数多の悪事を働けるものなのか。これほどまでに美しい女性が……信じられん……）

「皆の者、薬子様を奈良へ連れて帰り、今日中に手厚く葬ってさしあげよ」

田村麻呂は最後に、

「帝には磨から代わってご報告致す、お付の者たちが手厚く葬りましたと」

彼は京都へ向かう馬上でホッと胸をなでおろした。

(俺のような田舎者が蝦夷へ向かう前にもし薬子様とお会いしていたら、俺はとても今のような武人にはなってはおるまい。見た瞬間に骨抜きにされて、今頃は薬子様の尻を追いかけ回す、ただの馬鹿者になっていたろうよ)


奈良に帰ってきた薬子の遺体は、今の奈良市佐紀町のニジ山付近に葬られた。

墓については多紀たちは敢えて仰々しくせず、小さな盛り土に薬子がこよなく愛したりんどうの花を添えるだけにした。そして付き人たちはその日は一日中ずっと墓に寄り添ってすごした。その年から毎年秋には、りんどうの花が薬子の墓を飾ったという。

薬子と仲成の死によって、所謂「薬子の変」は終わった。

事件後、嵯峨天皇は関係者に寛大な処置を取るように命じた。

この事件で処罰された主な人物は、次の通り。

高岳親王	皇太子	廃太子
阿保親王	四品	大宰府へ左遷
藤原薬子	正三位・尚侍	尚侍を解任・のち自殺
藤原仲成（兄）	従四位下・参議	佐渡権守へ左遷・のち射殺
藤原安継	従五位下・大舎人助	薩摩権守へ左遷
藤原貞本（長男）	従五位下・大蔵大輔	飛騨権守へ左遷
藤原永主		日向国へ流罪
藤原山主		日向国へ流罪
藤原藤主		日向国へ流罪
藤原真夏	正四位下・参議	伊豆・備中権守へ左遷

平城上皇は奈良に戻ると剃髪し、仏門に入った。その後、彼は一人の女性とも接しなかったという。それから十四年を経た弘仁十五年、平城天皇崩御。

この後、平安の世は嵯峨帝＝冬嗣ライン、そう、言わずと知れた摂関政治の時代へと進んでいく。

さて話題を変えて、ここで二人の人物のその後の人生を探ってみよう。一人は藤原葛野麻呂である。彼は桓武帝時代からその優秀さが認められ、遣唐大使、平城帝になって東海道観察使を務め、順調に昇進してきた。ところがこの「薬子の変」で状況は一変する。主謀者の薬子とはかつて男女の関係にあったこと、また上皇方についたことを理由に厳罰に処せられても致し方ないところであるが、そうはならなかった。

実に不思議なのだが、彼は非常に頭脳明晰な男で、弘仁三年、民部卿を兼任、その後『弘仁《こうにん》格式《きゃくしき》』の編纂などに多大な功績を残しているが、昇進・昇格とは全く無縁であった。当時藤原北家では既に冬嗣が台頭してきており、彼の出る幕はもうなかったと言ってよい。

しかし彼の在任中の功績と上司に対する忠義はもっと評価されてもよいのではないだろうか。弘仁九年死去、正三位。

もう一人は藤原縄主、薬子の亭主である。

彼は大同元年（八〇六）、平城天皇即位と同時に大宰帥に任命されたことは既に述べた。その後「薬子の変」勃発の知らせを聞いて縄主は何を思ったことだろう？　この事件に関しては大宰帥として九州に在ったことで、処分は全く受けなかった。

ところが「薬子の変」の翌年、縄主を仰天せる事件が起きる。何と新羅が対馬を突如として侵略したのである。この時は何とか新羅を撃退したものの、以後、北部九州への更なる侵略が予想されることから、本格的な国防が必要となった。その中で彼は、兵部卿、中納言を兼任するという激務を負い、ただただ国防のため東奔西走する毎日を送ることになった。縄主が命を懸けて采配した国防策は、彼の死後ようやく成就し、新羅との軍事衝突の危機は避けられた。

このように狡猾な新羅が日本海を侵略して回る緊迫した情勢の中、昔から外国語に堪能で、外交、防衛に詳しかった彼の仕事ぶりは、聖徳太子時代の小野妹子に匹敵するものであったかもしれない。艶麗なる平安の美熟女薬子の影に隠れて教科書にも登場しない悲劇の公卿藤原縄主、彼の功績こそ大いに評価されて然るべきである。

弘仁八年九月、激務の果ての死去。従三位、その後、従二位に追贈されたことが彼の仕事ぶりを物語っている。

大宰府の春

「薬子の変」の後、嵯峨天皇はこの事件があたかもなかったかのように取り扱った。すべての責任を薬子と仲成のせいにして。その他の公卿は冷遇こそされたが、命も財産も保証された。

この事件によって藤原式家は完全に歴史から姿を消し、北家藤原冬嗣の時代を経て、所謂摂関政治が幕を開けることになる。

こうしてこの「薬子の変」を振り返ってみると、薬子と仲成、特に薬子は一体何だったのだろうと思うのである。本当に何もしていない、ただ平城上皇を愛している、それだけだったのではないか？


「薬子の変」から十二年ほど経った弘仁十三年（八二二年）の九州は大宰府。

大宰府の春は本当に気持ちが良い。大宰府政庁の二階に上がって周りを見回してみると、右に宝満山、左に四王寺山がくっきりと見える。二つの山とも登るには丁度いい高さ。政庁の公卿たちにも運動には持ってこいの山である。

また空がきれいだ。特に春は雲一つない真っ青な空。近くの山の木々の一本一本が手に取るように分かるくらい。こんな住みよい大宰府に橘《たちばなの》小瀬《こせ》が六年ほど前から移り住んでいた（彼については第二章「藤原仲成」で紹介）。

彼は各地を転々とした後、この大宰府にやってきた。京都時代は徴税長をやっていたが、今は政庁で書類の整理係をやっている。

彼は、「もう官僚は十分、毎年正月が来るたびに昇進・昇格で戦々恐々とせねばならぬ。わしよりも家族が大変じゃ。わしはもう今の書類係で十分」とばかり、この遠の都でゆっくりと余生を楽しんでいた。

ある日、彼は隣の同僚から、

「小瀬殿、顔色が悪いが如何なされた？」

と聞かれ、

「い、いや別に大したことはござらん、心配はご無用」

「そうでござるか」

同僚はそのまま仕事を続けたが、彼が用足しに行って帰って来たところ、小瀬が顔をふせて泣いているではないか！

「小瀬殿、小瀬殿、どうなされた、体の具合でも悪いのでは？」

彼は小瀬の背中をさすって、

「ささ、ここに横になられい。ささ」

小瀬は、

「いやいや、体の具合ではござらん、心配かけて申し訳ない」

「し、しかし何かあったのでござろう、んん？」

「……」

「遠慮はいらん、わしらの仲ではないか、のうみんな」

「おう、そうじゃそうじゃ」

見ると書類係が五、六人集まっていた。

「みんなすまぬ。じ、実は……」

小瀬は涙をふきふき話し始めた。

彼には昨年の春に初孫が生まれた。名前を由利と言う。それはそれは可愛いらしい女の子。勿論、小瀬は目の中に入れても痛くないような可愛がりよう。仕事が終わると一目散に孫の所へ帰る毎日であった。ところがこの由利が今年の三月に風邪をひいてしまった。小瀬は大したことはなかろうと思っていたが、これがなかなか治らない。何しろ千二百年も前のこと、風邪も放っておいたら大変な病気になる。案の定大変な病気になってしまった。昔は風邪が長びきそのまま死んでしまうことが非常に多かった。

由利の体はだんだん痩せてゆき、今や明日をも知れぬ状態になってしまった。

「そうであったか、小瀬殿」

「小瀬殿、すまん、知らぬこととはいえ……」

皆それぞれに頭を下げた。

「いや、みんなすまぬ。わしの孫のことでそんな……さあ、みんな仕事に戻ってくだされ」

「小瀬殿、今日はもうよろしいではないか、仕事は我らで何とかしましょうぞ。今日は早く孫の所へ帰ってやりなされ、なあ」

「おう、そうじゃそうじゃ」

小瀬はポロポロと涙を流しながら、

「みんな本当にすまぬ！」

大急ぎで帰り支度をしていると仲間の一人が大きな声で、

「あっ、そうじゃ！　榎《えのき》がいい。うん、小瀬殿、ちょっと待たれい」

あまりの大声に皆ビックリ。

同僚の一人、瀧常安《たきのつねやす》という男が、

「小瀬殿、榎に良い医者がおる。そちらに孫を診せてみなされ」

「榎に良い医者がおると？」

常安は、

「んん、小瀬殿、ここから北に半里ほど行ったら榎というところに出る。そこに大きな木があってみんな榎と呼んでおる。なあに、一本道じゃからすぐに分かる。その木のそばに小さな掘立小屋があって、そこにもう婆ではあるが、よい医者がおる。今年の正月のことじゃった、わしの娘が風邪をひきおった。女房がたまたまこの婆に娘を診せたところ、なんと二日で治ってしもうた」

「エッ！　二日で！」

小瀬は驚いた。

「おう、二日じゃ。それでわしらは何がしかの金を持って行ったら、何と驚くなかれ、金を受け取らんのじゃ」

「な、何と金を受け取らんと！」

「おう、それどころか娘に可愛い着物をくれたぞ、信じられまい」

「……！」

嘘のような話である、皆ビックリ仰天！

「じゃから小瀬殿、騙されたと思うて行ってみなされ、ささ、早く！」

しかし、小瀬はあまり乗り気ではない。

「じゃが由利は明日にはもう……」

「んん、じゃから行って診せなされと言うておるんじゃ！」

小瀬は妻の美代、由利と由利の母親の四人で榎に行ってみた。

（仲間があれだけ言うのなら、最後の望みじゃ、行ってみよう。由利よ、頑張ってくれ。頼む！）

北へ向かう一本道、榎はすぐに分かった。掘立小屋は榎の大木のすぐそば。そこには五、六人の女たちがいろいろな食材を持ってきて小屋の前に順序よく並べていた。

（こいつら、ここで何をしているのか？　ええい！　そんなことはどうでもいい。早く由利を）

「ごめん」

小瀬は大急ぎで小屋の戸を叩いた。その勢いがあまりにも凄かったので戸が壊れそうになった。

「はい」

小さな声がした。この声は小さくても素晴らしく上品で、とても婆の声とは思えなかった。

「手前は橘小瀬と申す者、孫が……」

彼はそう言いながら娘が抱いている由利を婆の前に差し出すと、

「まあ、この子は！」

婆は驚いて小瀬の妻の美代に目で合図して、

「すぐにお湯を沸かして」

由利の母には、

「そこの白い布の上に寝かせて」

小瀬に向かって、

「かまどをもっと強く吹いて、お湯を早く沸かすのです！」

小屋の中が急に忙しくなった。婆がテキパキと指図する。美代と母親は婆の指図通りに動く。

小瀬はかまどに付きっきり。

「二人でゆっくりと、もっと優しく、体全体をさすってあげるのです、そうそう優しく……」

婆は口移しで由利に薬を飲ませている、必死になって。

時間にして一時間位経っただろうか。

「やっと落ち着きました。橘小瀬様、様々なご無礼、誠に申し訳ございませんでした」

婆は丁寧に謝っている。

「ああ、いやいや」

小瀬は今になってやっと気が付いた。

（顔は頭巾で隠しておるので皆は婆と言うてはおるが、そんなに年なのだろうか？　声は確かに小さいが若くてきれいな声ではないか。婆どころではないかもしれんぞ）

婆は母親の方を向いて、

「今のところは大丈夫、しかし今日はこのまま動かしてはなりません。あなた方お二人はここに泊まって様子を診てあげてください。ご主人様、よろしゅうございますか？」

「二人が泊まるならわしも、おうそうじゃ、わしは外で皆の番をしてやろう。女ばかりでは物騒じゃからのう」

　すると婆は、

「それは心強い、是非お願いしましょう。でも決して中へは入らないように、よろしいですか？」

「この橘小瀬、確と心得た！」

　翌日、小瀬が仕事に出ると早速瀧常安が、

「小瀬殿、榎の医者の方はどうであった？　行かれたかな？」

「ああ瀧殿、心配かけてすまなかった……」

　小瀬は昨日の一部始終を皆に話した。

「そうか、そうであったか。で、孫のほうは？」

「それがまだ分からん、昨日は一日中、そばについておったが」

　彼は今日も仕事を早めに切り上げて榎へ向かった。

「美代、由利の具合はどうじゃ？」

小さな声で尋ねると、振り向いた美代の顔に涙が……。

小瀬は自分を恨んだ。何でこんなことを聞いてしもうたのかと。

彼の目にも涙が溢れ出た。人は何れ死ぬのは分かっているが、それもこんなに小さな子が、こんなに早く死ぬのはとても我慢できない。いくら平安の世とはいえ……。

母が由利の頬に手をおいて撫でようとしたその時、由利の口が僅かに動いた。そして小さな声で、

「おかあ、おかあ」

と呼ぶ声が、

「な、なんと……」

小瀬は心臓が止まりそうになった。

「じい、べべは?」

小瀬も、美代も、母親もその涙が喜びの涙に変わった。

「ゆ、由利、じい、じいじゃ、分かるか!」

「由利、ばあじゃ」

「由利、おっかあだよ、由利、由利……」

「おかあ、ばば……」

奇跡が起きた！　由利が、由利が……。

むしろを剝ぐって婆が現れた。

「お顔にもだいぶ赤みがさしてきました、もう大丈夫」

由利の枕元近くに立つ婆の姿は、まるで光り輝く崇高な女神のようであった。

帰りしな、婆は薬の入った包みと子供用の着物を一枚小瀬に手渡した。

「この着物は由利殿に着せてあげてください」

と言って小瀬に手渡した。

その時、小瀬は婆の手を見て一瞬たじろいだ。

その雪のように白く細い指、医者とは思えぬ真っ白い手、頭巾から僅かに見える切れ長のそれはそれは美しい目。

（な、何と！　この方はあの薬子様ではないか！　間違いない、あの薬子様が生きておられる。信じられんことじゃが間違いない！）

彼は思わず、

「ははーっ」

と後ずさりした。昔を思い出したのだろうか？

それを見て婆は、

「こ、小瀬殿、如何なされましたか？」

と言ってクスクスと笑い出した。美代も由利の母親も。

「あっ、な、何でもござらん、ハッハッハ」

小瀬は作り笑いをしたが心の中で、

（いいや、絶対に間違いない、あの方は藤原薬子様じゃ。死んではおられなかったのじゃ。でも何故こんな所に？）

彼は薬と着物の礼を丹念に言うと、もう一度婆の方を振り返った。

「医者であるのにあの上品な身のこなし、背丈も薬子様と同じくらいじゃ。少しお痩せになったようじゃが、ご苦労があったのじゃろうて……」

その夜、小瀬の家では由利が寝付いたあと、美代と二人だけでささやかな祝宴を挙げた。祝宴といっても平安時代の一般庶民である、僅かな酒を酌み交わすだけ。二人は心ゆくまで由利の回復を喜んだ。そして美代が酒を片付け始めた時、小瀬は小さな声で美代を呼んだ。

「美代」

「はい」

「ここへ来て座れ」

酒の後である、美代の顔も嬉しそうだ。

「何でしょう？　あなた」

小瀬は何と言い出そうか迷っている。

「あなた、お酒が足りないのですね？」

「あっ、いやそうではない……」

「いやですわ、何でしょう？　いつものあなたらしくもありませんよ」

「んん、分かった、実はのう」

「はい」

彼は思い切って打ち明けた。

「のう美代、もう十五年くらい前になるが、わしらが都におった頃じゃが、あの藤原薬子様を覚えおるか？」

「薬子様を覚えておるかなどと、そんなバカげたことを……ホッホッホ、何をおっしゃいます。薬子様のお顔を一度でも見たことのある者がお顔を忘れるはずがないではありませんか」

「うん、そうじゃ、それは分かっておる。顔のことを言うておるのではない。実は今日、榎の婆様が由利に着物をと手を差し伸べられた時、お前も見たであろう、婆様の手を」

「はい、見ました。それがどうしたのですか？」

「その手を見てお前は何も思わなんだか？」

「ええ、お医者様にしてはあまりにも綺麗な手をしておられっ……」

美代の話が急に止まった。その続きが出てこない。彼女は小瀬の顔を見てブルブルと震えだした。

小瀬が代わりに喋る。

「そ、そうじゃ。あの榎の婆様じゃ。もしかしたらあの方は、あの方は……」

美代は突然小瀬を遮った。

「あ、あなた、お止めください、恐れ多くて、とてもそんな。それに薬子様はもう十何年も前に亡くなられたと聞いております。今ここにおられるはずがないではありませんか！」

「分かっておる。分かっておるが、あの婆様の立ち居振る舞いを見ておると、それに今日わしは初めてあの方の手を見たんじゃが、昔の薬子様そのものじゃ。あんな綺麗な手をしておられる方は日本中探しても薬子様しかおらん。少し痩せておられたが、我らには理解できんご苦労があったのじゃろう……」

「……」

二人の間に五分ほどの時間が過ぎた。

美代はしくしくと泣き始めた。

「あ、あなた、それで如何なさるおつもりですか？」

もう小瀬に反論するのは止めた。あの方は薬子様だ、生きておられたのだ。間違いない。

「それじゃ、如何したもんじゃろう？」

二人の間にまた五分ほど時間が過ぎた。

「美代」

「はい」

「わしは明日由利の礼を兼ねてもう一度榎へ行って参る。仲間が言うには、あの方は絶対に金は受け取らんそうな。じゃから何がしかの食べ物を用意してくれ。あの方も食べぬわけではあるまい」

彼は初めて掘立小屋を訪問した時、女たちがいろいろな食材を並べていたのを思い出した。

「分かりました。で？」

「んん、で、どうにかしてそれとなく聞いてみよう」

「分かりました、で、大丈夫ですか？」

「んん、ここは都ではない、大宰府じゃ、それくらい聞いても殺されることはなかろう」

「そうでしたね」

「おう、で、それから先のことはまた明日考えようぞ。今日はもう寝る」

都の知らせ

翌日の申の刻過ぎ、小瀬は仕事を終えて榎に向かう道すがらいろいろ考えた。

（もしかしてあなた様は、いやこんな聞き方はいかん、失礼じゃ、あなた様は藤原薬子様をご存じですか、これもいかん、馬鹿かとお思いになる、うーん分からん、どうすればいいんじゃ……）

すっかり葉桜が目につく春満開の季節、そろそろ桜と入れ替わって今度はつつじが目立ち始めた。人はよく言う「今年の春はついうっかりして、桜を愛でることもなかった。馬鹿なことをしたもんだ……」と。

しかしつつじは桜と比べると開花期間が長い。また、桜は道に立つ木に花をつけて人の心を満たしてくれるが、つつじは人の目と同じくらいの高さに開花し、かなり長い期間力一杯咲いてアピールしている。なのに人はそれに気づかず、夏を迎えている。

そんなことを考える小瀬ではないが、いつの間にか掘立小屋の前に来てしまった。

（うーん困った、ど、どうすればいいんじゃ）

小屋の前でしどろもどろしていると、急に戸が開いて中から女が二、三人出てきた。そのうちの一人は小さな子供を抱いている。皆農民の娘だ。小瀬はその女たちを見て驚いた。まず第一に女たちの身なり、それはとても小瀬たちとは比較にならない。見すぼらしい、惨めである。ある女などは胸も露わに……。

第二に、女たちは皆素足である。冬になったら草鞋はあるのだろうか？

三つ目、女たちは野菜をたくさん持って帰っているが、それはどうした物か？　まさかここから盗んだ物でもあるまい。

等々いろいろ考えていると、

「医者様、どうもありがとうごぜえます」

「医者様、子供のべべ、ありがとうごぜえます。こげな綺麗かもん、野菜もいっぱいもろうて、本当にいただいてよろしいんで？」

婆は優しい声で、

「いいんですよ。今度は風邪をひかないように、ちゃんと子供に着せてあげるのですよ」

「へえ、分かりました、それじゃあここで……」

女たちは喜び勇んで帰って行った。

小屋の前に立って手を振る婆の姿、それはまさに女神か菩薩か。小瀬はそこから一歩も動けなかった。

「小瀬様、小瀬様、如何なされましたか?」

と呼ばれてはっと、我に帰った。

「こ、これはくす、いや婆様、いや、お、お医者様、失礼致しました。先日の由利のお礼に出て参りました。野菜や果物をたくさん持って参りました。どうぞ食してくださいますよう」

「まあ、そうですか、ありがとうございます。それではどうぞ中へ」

と言って小屋の中へ通した。つい今しがたまで女たちの子供を診ていたのだろう、小さな布や竹の筒(水を飲む時に使う)が散らばっていた。それを一人できれいに片付けている。それを見て小瀬は心が痛んだ。

(こんな物なら、わしの家にはもっときれいな布がいっぱいある。茶碗も、布団も、こんな粗末なものをお使いになって毎日子供の命をお救いになっている。薬子様は菩薩じゃ、女神じゃ。ああ、わしは今までの自分が恥ずかしい)

彼はその場にひざまずいて額を地面に擦りつけ、婆に向かってひたすら叫んだ。

「く、薬子様、今までのご無礼どうかお許しください、どうかお許しください、どうか橘小瀬をお許しくださいませ……」

それを聞いて婆は驚いた。

「こ、小瀬様、どうなさいました?」

彼はひたすら同じ姿勢でずっと謝り続けている。とうとう泣き出してしまった。あの十五年ほど前の出来事を思い出したのだ。桂川の源流の聖水を薬子に届けたその報酬で、家族全員が食べていけるようになったことを、あの当時多くの仲間たちが薬子に命を助けられたことを。

小瀬の涙は止まらなかった。

それを見て婆は困り果ててしまった。

「小瀬様、頭をお上げください。私は人から頭を下げられるような人間ではありません。それに薬子様というお方でもありません。私は恥ずかしながら昔から自分の名前も知らないのです。昔から親もおりません。ここに来てからは皆私のことを婆とか医者とか呼んでおります。いつしか私もすっかりそれに慣れてしまいました。自分はどちらでも構いません。さあ、頭を」

婆にそう言われて彼は目は下を向けたまま、

「そ、それではお医者様」

「はい、小瀬様?」

と言って小さな声で上品に笑ってみせた。小瀬はやっと頭を上げた。その時、彼は衣から僅かにのぞく婆の手を見た。医者の仕事をしながら雪のように真っ白い綺麗な手を。

「この方はやはり薬子様じゃ、間違いない！」

その日の夜のこと。

「あなた、どうでした？」

「あっ、そうじゃな」

小瀬は掘立小屋での一部始終を美代に話した。

「まあ、そうでしたか！」

「んん、医者様は頑なに否定されるが、わしは絶対に薬子様に間違いないと思う」

「私もそう思います。あの方の、そのすべてが十五年前の薬子様に生き写しです。やはり生きておられたんですね。時は経ってもあの美しさは全くお変わりない」

「医者様はこうも言われた、子供の頃熱湯を首に浴びて大変な火傷を負われたそうな。それでいつも頭巾を被っておられるが、ご苦労なさったんじゃろうて……」

「まあ、そのようなことを！」

美代は堪らず涙を流した。小瀬も同じく。

「何とかできぬものか……」

二人していろいろと考えていたら急に美代が大きな声で、

「そうです、あなた！　こうしましょう！　私が昼の間薬子様のお手伝いに行きましょう。

由利には娘がついております、心配いりません。薬子様はお一人で子供を診ておられます。大変なことはじゅうじゅう承知しております。洗濯でも、湯沸しでも何でもいい、兎に角おそばにいてお手伝いを致します。私たち家族は薬子様に命を救っていただいたも同然。これくらいはお返しをしないと罰が当たります」

「そうか、そうしてくれるか美代、わしは嬉しいぞ」

小瀬は実のところ美代にそうして欲しいと朝から思っていた。

「私は明日から薬子様のところへ参ります。あなたのお望みの通り」

美代も小瀬がそう思う気持ちは最初から分かっていた。

「じゃが美代、あの方が薬子様じゃということは我ら二人だけの秘密にするぞ。お前もあの方を間違うても薬子様などと呼んではならん。心しておけよ」

「分かっております」

それから二年後の弘仁十五年（八二四年）七月、平城上皇崩御、享年五十一歳。

子女には高岳親王、巨勢親王など七人、前後二人の天皇のように、何十人も子供をもうけて朝廷の財政問題を引き起こすようなこともなく、「薬子の変」の後はただ一人の女性とも接触を持たず、静かにただひたすら薬子の成仏を祈って彼女の待つ極楽浄土へと旅立たれた。

陵名は楊梅陵《やまもものみささぎ》、現在の奈良市佐紀町字ニジ山に埋葬された。ここは平城京を見下ろす丘にあることから、故人の気持ちを察しての埋葬であったかもしれない。また同じ場所に小さな盛り土の墓が寄り添うようにあったことを、藤原式家の付き人たちは決して忘れてはいなかった。毎年秋にはりんどうの花を添えることも。

大宰府では美代が婆のもとで手伝いをするようになって早二年が過ぎた。今では美代も婆のすることにすっかり慣れて、立派な助手を務めている。また小瀬の仲間たちがちょっとした小屋を建ててくれたおかげで、今までのような掘立小屋ではなくなった。

こうして僅かながらの医療環境の改善もあって、大宰府周辺の子供たちの寿命は格段に伸びた。

こうした中で大宰府政庁では、都の人事異動により大宰権帥の阿保親王が都へ戻ることになった。阿保親王は「薬子の変」に連座して大宰府に左遷されていたが、平城天皇崩御の後、嵯峨天皇によってようやく入京を許された。実に十四年間にわたる長い左遷期間を、彼はひたすら待ちに待ったことだろう。

この知らせは当然榎にも知れ渡った。婆の耳にも……。

「美代殿、今日は特に患者もなく平穏無事に終わりました。もう結構です、早くおうちへお帰りなさい」

「そうですか、今年の夏は暑いですからお医者様もお体にお気をつけて」

「ありがとう、気を付けます」

「それでは失礼いたします」

「はい、気をつけて」

美代が帰ると婆は一人小屋に残り、

「上皇様、私《わたくし》も直ぐにそちらへ参ります。今度こそ二人で末永く暮らしとうございます」

そう言って婆は一人、小屋を出て行った。暗い夜道を一人……。

それ以後、婆の姿を見かけた者は一人としていない。

蛇足ながら婆が治療に使っていたこの小さな小屋はそれから七十七年後、やはり都から左遷された一人の高級貴族が住むようになる。その貴族の名は言わずと知れた菅原道真。しかし当時誰がそれを想像しただろう。


一方、平安京は「薬子の変」のあと、表面上は平穏な治世が続き、宮廷文化の盛んになった。嵯峨天皇は「弘仁格式《こうにんきゃくしき》」を発布し死刑を廃止した。中央政界の死刑の廃止は以後、保元の乱（一一五六年）まで三百三十八年間続く。これは世界的に見ても非常に珍しい。

しかしその反面、当時は農業生産が極度に不審な時期を迎え、その結果による財政難は非常に深刻であった。しかしそれにも拘わらず嵯峨天皇は藤原冬嗣の反対を押し切って大伴親王に譲位し、その後、冷然院、嵯峨院を造営し、財政面の圧迫を招いた。その他いろいろと朝廷内で絶大な権力を振るって様々な火種を残した。

その一つがこれである。

「おぎゃー　おぎゃー……」

「あっ、今度は長岡氏の宮女の局でお子がお生まれになった。今年になってこれで三人目じゃ」

「なんとまあ、仁明天皇《にんみょうてんのう》から数えて四十五人目ですぞ」

「いや、違う違う、四十六人目じゃ。そちは間違うておるぞ」

「そうでござるか、申し訳、いやいや四十五人でも四十六人でもどっちでもええわ。これ女、早く冬嗣様に知らせて参れ。あの好き者上皇、いや、嵯峨上皇（八二三年、仁明天皇に譲位済）にまたお子が生まれましたとな」

女は急ぎ冬嗣の屋敷へ。

冬嗣は、

「な、何、またお子が生まれたと！　あの絶倫男めが、一体何人子供をつくれば気が済むんじゃ全く。朝廷の財政も打出小槌ではないわ。もーどうすればいいんじゃ！」

冬嗣は頭を抱えて、

「もうよい、女、下がれ」

「はい」

頭が痛いどころの話ではない。藤原仲成を相手に喧嘩する方がよほど楽ではなかったか？

「もう源氏も平氏も兄弟姉妹でいっぱいじゃ。今度は何氏を創ればいいんじゃ。臣籍降下にもほどがあるぞ」

と頭を抱えていると、また一人別の女が、

「冬嗣様！」

「なんじゃ！」

その一分後、

「何じゃと、また子が！　もう、ええ加減にせい！　わしゃもう知らん！」

平成の世から見た薬子

ヨーロッパでは西暦八〇〇年のクリスマスの日に、フランク王国のカール大帝が教皇レオ三世から帝冠を授けられ、神聖ローマ帝国が成立した。

イスラム教の世界では、アッバース朝第五代カリフ、ハールーン・アッラシード王がサラセン帝国の全盛期を現出した。

隣国唐では皇帝順宗が即位し、政治改革を志す。

これがキリスト教、イスラム教、儒教の世界の九世紀初頭の様子です。

日本では、今までお話してきた通り、平安時代初期の女性を代表して藤原薬子の時代と言わせていただきます。なぜ日本だけ女性が出てくるのか、しかも藤原薬子なんて歴史の教科書を見てもほんの名前だけしか出てこない女性が、とお思いになるでしょう。もっともなことです。

しかし、よく考えみてください。日本では九世紀までに一体何人の女性が歴史に名を残す活躍をしたでしょうか。

まず一番最初は皆さんよくご存じの女王卑弥呼、それから推古天皇、皇極帝、斉明帝、持統帝、元明帝、元正帝、孝謙・称徳帝、以上が皇族、それ以外では額田王くらいではないでしょうか？

その次に登場するのがこの藤原薬子です。彼女は皇族でもなければ芸術家、この時代で言えば歌人でもありません。ただの女性です。勿論藤原種継という高級官僚の娘ではありますが……

卑弥呼も含めて最初の八人（称徳帝は孝謙女帝重祚）は女王であり女帝ですから、何でもござれのしたいやりたい放題の面もあったと思います。

それから額田王、彼女は万葉歌人であり、また絶世の美女であったと言います。それはそうでしょう、何せ天智、天武の二人の天皇を手玉に取るくらいですから。彼女は天武帝の妃でもあったので、皇族と言ってもいいのです。だからこの方も別の意味でやりたい放題の面があったのではないでしょうか？

さてこの藤原薬子様ですが、彼女はこれらの女帝のように政治家（当時は政教一致）でもなければ歌人でもありません。また平城天皇とは結婚もしていないので皇族でもないのです。平城帝を愛してしまった普通の女性、ただそれだけだったと私は思います。
当時は一〇〇%男の世界、女性が口を挟む余地などただの一%もありませんでした。まして や薬子の相手は今を時めく平城天皇、いくら二人が愛し合っているからといって、昼間は一言 たりとも口を利くことなどできませんでした。これは平成天皇が譲位してからも全く変わりま せん。そのような状態で、千二百年前に薬子が所謂「薬子の変」という事件を起こすことがで きたでしょうか？　私は一〇〇%できなかったと思います。

「薬子の変」で薬子と仲成がやったいろいろなことは、全部平城天皇と仲成に起因すること と思います。薬子は何もしていません、というよりできないのです。

その理由は簡単です。何故なら薬子が女だからです。当時女性は政治に口を出すことは一切 できませんでした。

しかし後世の人々は平城天皇即位からの一連の出来事を、天皇を籠絡した薬子の仕業と喧伝 し、これらをひっくるめて「薬子の変」として今の私たちに伝えています。そのほか、毒婦、 淫乱、魔性の女等々……。しかしここに覆すことのできない厳然たる事実があります。それは 薬子は自分の一族をかつての道鏡のように高位高官に就けたり、また藤原不比等や藤原仲麻呂 のように絶対的な権力を振るうような立場にはなかったのです。ですから私は薬子は何もして はいないと力説します。

では何故「薬子の変」が起きたのでしょうか？

その理由は平城天皇にあります。平安時代から武士が勃興する鎌倉時代まで天皇は神様でした。神様は我々人間とは違います。だから神様であるが故に天皇を逮捕するわけにはいかないのです。ではどうすればよいか？

その答えは簡単です。薬子と仲成に罪を押し付けて早いとこ事件を終結に持っていこう、それも、女性の名前を前面に持ってきたほうがインパクトが大きいので、天皇はその影に隠れてしまう、いや、隠さなければならない！というわけです。極端な言い方をすれば「薬子の変」があったのではなく、「平城太政天皇の変」があったのだと言えます。

皆様は信じられないかもしれませんが、同じようなことがヨーロッパでも起きているんです。しかも同じ九世紀に！

その女性の名はヨハネス八世（生年不祥―八五八年）、薬子と同じく生まれた年は不祥です。しかもこの二人、共通点があまりにも多すぎます。

ヨハネス八世は薬子と同じ九世紀を生きた女教皇です。ローマ教皇の座は、今でもそうですが男性だけに与えられる最高の聖職です。それがなんと女性だったのです……。

彼女は昔からその傑出した人格と才能を駆使してやがて枢機卿となり、最終的には教皇となりましたが、実は男に変装した女だったために、教皇やローマ司教の中に数えられていません。ある日、教皇（彼女）は愛人の子供を身籠ってしまい、騎乗している時に不幸にもその子を産み落としてしまいます。キリスト教世界の最高権力者であるローマ教皇が子供を産むとは、どう理解すればいいのでしょう?

彼女はその場で息を引き取り、そこに埋葬されました。彼女の在位は八五五－八五八年で、これは薬子が平城帝と京都で一緒にすごした期間の三年と同じです。

その後、ヨハネス八世の実在については、千二百年の間、多くの歴史家や宗教家の間で取り沙汰されてきましたが、ローマ教皇庁は頑なにこれを否定しています。

その他、当時の女性に対する処遇などいろいろと共通する点は数多あるのですが、九世紀当時、付き合いが皆無だったヨーロッパでの話はこれくらいにしておきます（興味のある方は、ドナ・クロス著、阪田由美子訳の『女教皇ヨハンナ』を手に取ってみてはいかがでしょうか?）。

しかし、それにしても薬子は本当に気の毒です、可哀そうです。生まれつき体が弱く、即位してからは鬱病と孤独癖に苛まれ、すっかり自信をなくしてしまった天皇をただ愛してしまったが故に、全身全霊をかけて元気づけようとする平安の美熟女薬子。

当時の歴史人たちは何故彼女をそっとしておかなかったのでしょうか?

もし彼らがそうしてくれていたら、藤原薬子という名前は歴史上語られることはなかったかもしれません。

そしてもう一つ、お正月のお屠蘇の話で最後にします。日本では元旦の朝、家族揃ってお屠蘇酒を飲む風習がありますが、これは一年間の長寿健康を祈願する習わしです。これが始まったのが弘仁元年（八一〇年）頃からで、当時の嵯峨天皇の無病息災を祈願して始まりました。これは薬子という未婚の少女が天皇に屠蘇酒を奉る行事として行われるようになったのです。八一〇年というと「薬子の変」が終わった年です。嵯峨天皇としては、多分もうこのような事件は二度と起こしたくなかったに違いありません。無病息災もその意味から来ているのでしょうが、薬子という名前がこの行事を掌る穢れなき未婚の少女の役目として、永遠に残るようになったのも不思議な話です。

本書執筆にあたり、井上満郎著『桓武天皇と平安京』（吉川弘文館）を参考にしました。

伊野祥二郎（いの・しょうじろう）
1954年、福岡生まれ。1977年、西南学院大学法学部卒業後、福岡の地方銀行に入行。2009年に病気のため退職。その後はひたすら推理小説や歴史、伝記などの読書に没頭。日本の古代から近世までと、ヨーロッパの中世には特に関心を持ち、これらをテーマにした創作を始める。また、サラリーマン時代の勝ち組・負け組の経験をもとに、現代日本についても執筆している。

情炎《じようえん》の女《おんな》薬子《くすこ》

■

2016年 7 月20日　第 1 刷発行

■

著者　伊野祥二郎

発行者　杉本雅子

発行所　有限会社海鳥社

〒812-0023　福岡市博多区奈良屋町13番 4 号

電話092(272)0120　FAX092(272)0121

印刷・製本　九州コンピュータ印刷

ISBN 978-4-87415-980-4

http://kaichosha-f.co.jp/

［定価は表紙カバーに表示］